오월
햇살 같은
사랑

국립국어원 맞춤법을 따르되, 글맛을 살리기 위해 대화 등 일부는
지은이 고유의 표기를 반영합니다.

오월 햇살 같은 사랑

지은이 김화숙

ㅇㅅ

서문

이 세상에 태어난 모든 사람에게 삶이 선물로 주어졌다. 자신으로 살아갈 기회가 주어진 것이다. 선물은 받은 사람에게 진정한 가치와 감사일 때 의미가 있다. 태어나 지금 살아있다는 것이 우리에게는 가장 큰 감사다. 식물은 모진 환경에서도 주어진 삶을 살아내기 위해 뿌리를 깊이 내린다. 어떠한 상황에도 존재의 목적을 잃지 않는다. 절망하여 자신을 스스로 죽음에 던지지 않는다. 식물은 모진 시간을 견뎌내고 끝끝내 살아남아 마침내 자신만의 꽃을 피운다. 사람은 어떠한가. 깊은 절망에 빠지면 삶을 놓아버리고 목숨도 놓아버린다.

사람들은 고귀한 생명과 펼쳐보지도 못한 존귀

한 삶을 왜 놓아버리는 것일까. 그것은 창조 본연의 자신을 만나지 못해 고유한 자신으로 살아본 적이 없기 때문이다. 우리에게는 인생에서 가장 중요하고 시급한 일이 있다. 그것은 하늘로부터 주어진, 처음부터 가지고 태어난 정체성을 찾는 일이다. 정체성은 자기가 누구인지 아는 것이다. 자신의 정체성은 알면 어떠한 궁극의 한계에 내몰려도 자신을 소중하게 여긴다. 끝끝내 자기의 삶을 값지게 살기 위해 최선을 다한다. 누구인들 인생이 쉬운 사람이 있으랴 누구에게나 만만치 않은 인생이다.

사람이 자신을 잃어버리고 창조주 하나님을 잃어버리면 깊은 어둠 속에 던져진다. 끝이 닿지 않을 것 같은 어둠이 그의 인생을 잠식해 삶이 허무하고 불안하고 두려운 것이다. 자신을 찾지 못하면 인생의 방황은 끝나지 않는다. 사람이 죽을 때 후회하는 것도 자신을 잃어버리고 본연의 모습으로 살지 못했기 때문이다. 자기로 충실하게 산 사람은 죽음이 두렵지 않고 죽음 앞에서도 오히려 평안하다. 이런 사람은 창조 본연의 모습, 진정한 자신으로 살았기에 죽음도 축제인 것이다. 죽음은 인간에게 두려움이요 가장 큰 비극이라 여겨진다. 그러나 죽음도 하나님 안에서는 두려워할 대상이 아니다. 하나님을 사랑하고 자신으로 살아가는 사람은 죽음을 두려워하지 않는다. 살아서도 절대 평안을 누리며 산다.

나는 한 번도 오래 살고 싶지 않았다. 정원을 가꾸기 전까지는. 그러나 정원을 가꾸기 시작하면서 오래 살고 싶어졌다. 식물들이 내게 주는 사랑과 생명의 위로는 내 영혼의 깊은 곳에 남아있었던 마지막 슬픔을 무화 시켰다. 식물은 오염되지 않는 태곳적 순수한 사랑을 지녔다. 인간의 인위적인 말과 감염된 감정과 온전하지 못한 생각이 식물에게는 없다. 말이 없는 식물들의 강력한 위로와 치유, 정원에 있을 때는 오롯이 나로 존재하였고 그 시간은 순식간에 지나갔다. 정원은 내게 "그 무엇에도 매이지 않는 자유에 관해 깨우쳐주었다.” 사람들의 요구를 채워주려고 억지로 움직일 필요 없이 내가 하고 싶고 원하는 나로 존재하는 법을 가르쳐주었다. 정원에서는 효용성과 역할에서 해방되어 자연의 일부로 타고난 나로 행복하다. 아무것도 요구하거나 강요하지 않고 규칙이 없어도 무질서 하지 않는 자유가 그곳에 있었다. 식물은 흙이 키울 것이므로 제자리에 심어주고 제때 물만 주면 자란다.

이 책은 삶으로 노래하며 본연의 나로 사랑하며 살아간 이야기다. 선물로 받은 삶을 절대 긍정하며 지금 모습 그대로 만족하고 즐거워하는 삶의 기록이다. 자신이 누구인지 몰랐던 사람이 자신을 찾아 이웃과 더불어 화목하게 살아가는 일상의 기록이다. 보이는 것들과 보이지 않는 것들로부터 자유롭게, 가지고 태어난 재능으로 꿈을 이루기 위해 살아가는 흔적의 나열이다. 살아있을 때 만족하고 죽을 때 후회하지 않는 삶의 방식에 관한 이야기다.

위대한 사상가 니코스 카잔차키스는 "신이 준 참된 자유는 세상 그 무엇에도 매이지 않고 자신의 영혼으로 우뚝 서는 것이다."라고 말했다.

나는 서른둘에 고유한 나를 찾았고 다시 태어나 창조된 목적대로 산다. 살아계신 사랑의 하나님과 동행하며 글을 쓸 때 나는 자유하고 평안하다. 본연의 나로 살지 못한 사람은 진정한 삶을 살았다고 할 수 없다. 이런 사람은 깊고 아름다운 삶을 모른 채 인생의 표면, 얕은 곳을 조금 만져본 것에 불과하다. 우리는 창조 본연의 모습으로 기쁘고 즐겁고 행복하게 살아야 한다. 그러나 이런 삶은 우리의 노력만으로 되지 않는다. 어제나 오늘이나 영원토록 동일하신 예수그리스도 안에서만 가능하다. 우리의 삶은 그 사람이 죽는다고 소멸하지 않는다. 우리가 살았던 삶은 하나님이 통치하시는 영원한 나라로 이어진다.

쉰 중반을 넘어 세상 무엇에도 매이지 않는 자유

로운 삶을 살기까지 죽음과 가난과 질병과 고독과 인내의 시간이 무수히 지나갔다. 나는 하나님을 사랑하고 나를 사랑하고 이웃을 사랑함으로 자유하다. 순간에서 영원까지, 주님이 내 곁에 내가 주님 곁에 있어 나는 평안하다. 진정 사랑함으로 자유하다. 오월 햇살 같은 마음으로 사람을 사랑하고 꿈을 이루기 위해 달려간 발자취를 글로 남겨둔다.

장미 24x41cm_Oil on canvas_2024

차례

2장
그림자 짙은 빛이라도

3장
사랑함으로 자유하다

4장
가치 있는 삶의 순간들

5장
살아있을 때
만족하고
죽을 때
후회하지 않는

1장
본연의 나로 살다

꿈이 있는 사람은 본연의 모습으로 산다.
끝끝내 그 자신을 잃어버리지 않는다.
그가 포기하지 않는 꿈이 곧 그 자신이다.

판에 박힌 삶에서 벗어나 남은 삶을 어떻게 살 것인가. 꿈을 이루기 위한 과정은 언제나 공회전 같고 위태로움의 연속 같다. 장애물은 반복해서 우리에게 꿈을 스스로 포기하라고 앞을 가로막는다. 꿈은 돈으로 환산되어야 한다며 값을 매긴다. 돈이 되지 않는 꿈은 헛된 것이라고 사람들은 말한다. 꿈이 돈이 되지 않아도 가치는 크기에 살아남기 위해 저항한다.

꿈이 있는 사람은 본연의 모습으로 산다. 끝끝내 그 자신을 잃어버리지 않는다. 그가 꾸는 꿈이 곧 그 자신이다. 우리는 꿈이 있어 현실에 뿌리를 내리고 그 너머의 광활한 세계를 본다. 꿈은 정한 뜻을 펼치게 하고 삶의 궁극적인 목적과 가치를 기준으로 두고 삶을 살게 한다. 꿈을 품고 살면 헛된 일에 마음 빼기지 않는다. 꿈에 집중하면 불필요한 것들이 정리되어 단순함만 남는다.

꿈은 본질적으로 주광성이다. 빛의 호위를 받는 꿈도 때로는 구부러지고 무뎌지고 무거워질 때가 있다. 더 이상 밀고 나갈 수 없는 한계 앞에서 우리는 어떤 선택 해야 할까. 이대로 멈출 것인가 새롭게 변화되어 꿈을 이룰 것인가. 꿈을 이룬 사람들은 어떤 상황에서도 죽음과 같은 고통을 견딘다. 고비마다 다시 새롭게 태어나 고유한 모습을 찾아간 사람들이다. 수시로 바뀌는 환경이 우리를 어디로 데려갈지 모른다. 그래도 꿈이 있는 사람은 위태한 상황에서도 앞으로 나간다. 자신이 원하는 가치 있고 보람 있는 삶으로 끊임없이 되돌아간다. 아무리 춥고 어두워도 빛은 그 고유의 밝음과 따스함을 잃은 적이 없다. 꿈을 이룬 사람들도 예상하거나 통제할 수 없는 상황에서도 꿈을 잃은 적이 없는 사람들이다.

사물들

무한히 감사한 일과 값을 매길 수 없는 일이 있다. 산책하다 눈에 들어오는 사소한 풍경과 돌멩이 하나, 손세탁하기에 무거운 빨래를 대신 해주는 세탁기, 집 안에서 잃어버린 물건을 찾았을 때의 반가움, 품에 안으면 말랑하고 따듯한 물주머니의 온기, 가끔은 출간한 책을 안고 태어나줘서 고맙다는 인사, 책을 안고 감격하여 추는 춤, 생필품과 책을 챙겨 먼 길을 오가는 가장 순수한 검정색 가방, 접으면 한 줌밖에 안 되는 유용한 장바구니, 매일 즐겨 입는 피부 같은 옷, 머리를 받쳐주는 베개와 누인 몸을 감싸주는 포근한 이불, 매일 서로의 따스함을 나누는 컵, 한기가 들 때쯤 따뜻한 물을 보충해 주는 보온병, 집을 떠나 이동할 때도 늘 가까이 붙어 다니는 공책과 필기구, 글을 쓸 때 라디오에서 흘러나오는 클래식의 선율, 기쁨과 감격으로 환원되는 다시 오지 못할 순간들, 사물들은 다 헤아릴 수 없고 값을 매길 수 없는 가치를 지니고 있다. 어떤 때는 사물이 곧 사람 같고 사람이 곧 사물 같다.

어제는 없었던 꽃이 오늘 갑자기 피어난 듯 눈으로 들어올 때의 감격, 꽃 속으로 들어갈 것처럼 가까이에서 맡는 향기, 피오니 소르베 작약 옆에서 잠들고 싶은 오월의 밤, 양손으로 꽃을 살포시 감싸고는 손끝으로 만지는 여린 촉감, 유예된 시간의 독립된 삶을 위로하는 꽃, 삶이 전환과 반복을 오가는 동안에도 사물은 허물없는 그의 친구다. 그가 사물에게 고맙다고 말하면 사물도 깨어나 곁에 말없이 머문다. 매일 그의 곁에서 잠이 들고 같이 눈을 뜬다. 언제나 같은 장소에 머물며 마음을 다했던 지난 시간의 애틋한 이야기를 들려준다.

사물과 같이 사는 동안 지금처럼 모두가 ———

무탈하기를 오늘만 같기를 기도한다. ———

그의 소망

시인의 마음으로 꿈을 따라간다. 품은 꿈은 더디 이루어지나 그에게는 소망이 있다. 살아온 삶과 아직 살지 않은 삶 사이에서 또 한 해가 저물어간다. 포기하지 않은 길에서 몇 걸음 더 밑으로 내려갔다. 그는 소망 없이는 단 하루도 살 수 없는 사람이다. 그러나 때때로 소망이 그에게서 죽어버린 것 같아 패배감에 휩싸인다. 그는 기다리고 참으며 자기 앞에 주어진 아름다운 일상을 살려 애쓴다. 같은 장소 같은 자리에 오래 머문다. 그가 하는 일과 머문 자리와 보낸 시간은 사람과 사랑과 자유에 대한 깊은 통찰력을 그에게 주었다.

바람이 찾아오면 그의 그림자는 햇빛을 등에 업고 춤을 춘다. 풀도 햇빛을 받는 동안에는 고유한 색을 간직한 채 은빛으로 발색 된다. 영혼이 피어 올리는 사랑, 그 전율이 잔잔하게 밀려오면 그에게서 눈물 꽃이 핀다. 그는 일상의 아름다운 순간과 존재하는 것들의 본질에 관한 글을 쓴다. 책 속을 거닐고 여행하는 일은 그에게 큰 기쁨이다. 그는 한 사람의 귀함을 알아 사람을 사랑한다. 글을 쓰는 이유도 글로 사람을 살리고 싶은 꿈이 있기 때문이다. 그가 쓴 글이 자신을 살리고 읽는 한 사람이라도 살린다면 그것으로 족하다. 글이 누군가에게 살고 싶은 삶의 의지를 깨운다면 그것으로 충분하다.

그가 인생에서 추구하는 중요한 가치는 살아있는 한 사랑하는 것이다. 자유롭게 꿈꾸고 그 무엇에도 얽매이지 않는 고유한 자신으로 사는 것이다. 사는 동안 자신과 화목하고 만나는 사람들과 화목하게 사는 것이다. 삶에서 부딪혀 터득한 좋은 것들을 모두 다 내어주는 것이다. 남은 삶은 순리에 맡기고 서로를 기뻐하고 즐거워하며 그로 인하여 충만한 삶을 사는 게 그의 소망이다.

깨알 메모

작가로 산 지 8년째. 깨알 메모 공책은 한시도 그와 떨어진 적이 없다.

먼 길을 떠났다 집으로 돌아가는 길. 등에 메고 가는 꽃이 시들까 봐 물을 넣고 입구를 봉하지 않은 채 가방에 넣었다. 물을 꽃의 줄기만 잠기게 넣었는데도 걸을 때마다 출렁거린다. 가방 바닥이 축축하다. 메모 공책의 아랫부분이 젖어 쭈글쭈글하다. 글씨는 번졌고 공책은 엉망인 채로 서로 엉겨 붙었다. 공책을 말리려고 젖은 부분을 펴고 마른 수건을 덮어 발로 밟는다. 드라이기로 말리고 선풍기도 쐐준다. 공책의 하단은 점점 더 부풀어 퉁퉁해졌다. 글감인 깨알 메모가 물에 번져 잘 보이지 않는다. 아직 덜 마른 공책에 기록된 메모에 삶의 조각을 더 해 글을 쓴다.

서재에서 자고 일어나면 하루를 메모로 시작한다. 기록하지 않은 것들은 순간에 머물고 사라져 다시 돌아오지 않는다. 깨알 메모 공책이 점점 늘어난다. 어떤 날은 일찍 서점으로 간다. 책과 사람들 사이에서 깨알 메모를 남긴다. 가지고 간 책을 읽다가 영감이 떠올라도 즉시 메모한다. 서재의 카키색 테이블보가 덮인 책상에 앉아 소장한 책을 읽을 때도 메모를 한다. 글을 쓸 때 메모 공책은 왼쪽에 놓아둔다. 어떤 날은 흘려 쓴 글씨체를 읽지 못해 뚫어져라 본다.

영감을 붙잡아두는 기록은 누가 시켜서 하는 일이 아니다. 그 순간에만 받을 수 있는 살아있는 감동을 놓치고 싶지 않아서 습관이 된 것이다. 영원히 즐거울 읽기와 쓰기는 삶의 끝까지 놓지 않을 나만의 기쁨이다. 두 번째 책을 출간하고 본격적으로 글을 쓰기 시작한 지 6년째다. 내 길을 찾아 본연의 나로 살아가는 기쁨은 인생 최고의 기쁨이다. 다시 살 수 없는 삶, 하고 싶고, 가고 싶고, 잘하고 싶은 나만의 일을 할 수 있어서 얼마나 감사한지 모른다. 시간이 흐를수록 더 깊어질 나만의 길을 갈 수 있어서 삶이 즐겁고 보람차다.

같이 살 순 없을까

고정된 채 살아가는 정적인 것들은 돌보고 꿈틀대는 동적인 것들은 발밑에 짓이긴다. 꽃을 닮은 사람, 그는 정원지기다. 그는 식물에는 후하고 벌레에는 가혹하다. 겨울이 오기 전까지 정원을 떠나지 않는 불청객들이 있다. 이것들과 공존할 순 없는 것일까. 해충이라 해도 죽이고 싶지 않다.

너무나 아름다워 눈물이 날 것 같은 비췻빛 오월의 정원. 오월의 햇살 아래서는 "정이 깊어 떠나지 못한다."라는 꽃말을 가진 작약의 볼이 발그스름하다.

작은 동산에는 본격적인 꽃들의 향연이 시작되었다. 하늘을 가르며 날아가는 새들, 땅을 기어서 통과하는 곤충들, 은빛 막을 씌워서 식물을 가두는 거미들, 녹슨 색과 반투명한 초록색의 진드기들이 새순의 즙으로만 배를 채운다. 식물과 식물을 이어 밥줄을 치느라 바삐 움직이는 거미들의 부지런함. 매일 은빛 실크 촉감의 그물을 친다. 꿈틀거리며 물컹거리고 미끄덩한 것들과 기어다니고 붕붕거리며 날아다니는 것들, 새순에 착 달라붙어 새순을 모두 갉아 먹으며 옮겨 다니는 것들, 굴곡지고 통통하고 말캉거리며 밝고 생동감 있는 몸통 색깔을 가진 것들, 무리 지어 다니며 담장을 기어오르고 냄새나는 것들에게 정원지기는 냉정하고 가혹하다. 매일 약을 뿌리고 발밑에 벌레를 뭉갠다. 노린내와 물컹함과 미끄덩함이 발밑에 매달려있다.

새순만 노리는 진딧물을 맨손으로 잡아 손을 씻으면 물은 초록빛이 된다. 목수국 잎 뒤에 붙어 자란 성인 엄지손가락 굵기의 퉁퉁한 박각시나방 애벌레는 무서워서 떼어내지도 못한다. 실뱀 굵기만 한 지렁이가 흙에서 탈출해 윤기 나는 몸으로 튀어 오르면 심장이 오그라드는 것 같다. 봄밤엔 전등을 켜고 출몰하는 민달팽이를 잡아도 끝이 없다. 비 오는 날 담벼락으로 기어 올라온 고운까막 노래기는 에프 킬러 한 통을 다 분사해도 여전히 기어다닌다. 케일을 뜯어 먹는 배추 흰나비 애벌레는 손으로 잡는다.

꽃들과 같이 살 순 없을까. 꽃을 갉아 먹는 벌레는 영원한 불청객인가 살아있는 것을 죽이는 일은 너무나 괴로운 일이다. 사마귀도 커지면 무섭다. 쥐 한 마리가 정원에 들어왔다. 정원석 밑에 고슬고슬한 흙이 매일 쌓였다. 돌 밑을 찔러 봤는데 쥐가 튀어나와서 심장이 멎을뻔한 적도 있다.

매일 비 오는 날과 뙤약볕을 견디고 있는 꽃들의 안녕을 빈다. 빗방울에 짓무른 꽃잎에 남은 물방울을 털어내고 꽃잎을 어루만져준다. 모체에서 독립한 새싹, 눈에 간신히 보이고 손으로 잡기도 힘든 새순을 흙에 심는다. 물을 주며 잘 자라라고 다정히 인사한다. 벨가못의 붉은 더벅머리를 쓰다듬어 손에 배인 향기를 맡는다. 온 세상을 향기로 덮고도 남을 만큼 향이 진한 카사블랑카 백합을 통째로 잘라서 이웃집에 꽂아주고 유기농으로 키운 채소도 나누어 먹는다.

정원지기는 벌레로부터 식물을 지킨다. 작은 숲 정원에는 삼백여 가지가 넘는 식물이 한데 어우러져 산다. 꽃들의 충만함으로 그의 삶도 충만하다. 살아있는 것들의 충만함이 처음으로 그를 오래 살고 싶게 하였다. 치유와 나눔의 정원은 생명의 공동체다. 거름이 되라고 묻은 온갖 채소의 겉잎과 과일의 껍질과 함께 묻힌 씨앗이 발아한다. 흙이 고슬고슬하고 비옥해 뭘 심어도 잘 자란다. 햇빛은 약하고 영양분은 많아 식물을 모두 키다리로 자란다. 정원의 흙이 비옥하듯 그의 영혼도 비옥하다. 그는 처음으로 오래 살고 싶게 만들어준 식물들과 비옥한 땅에서 자유로운 한 사람으로 독립적으로 살아간다.

약하고 모자란 채로 존재하는 것들과 같이 산다. 중년을 넘겨서도 여전한 슬픔, 채워지지 않는 간절함, 기도하지 않고는 견딜 수 없는 고통, 쉼 없이 채워지는 이웃의 아픔, 자원한 고독 속에 머묾, 벼려지지 않은 칼, 뭉개지듯 잘리는 가위, 엄지손가락만 한 고구마, 갓이 온전하지 못한 버섯, 제철에도 색을 입지 못한 과일, "영영한 희락"의 날이 오기까지 모자란 것들과 같이 즐겁게 산다.

존재론적 방황이 멈춘 순간부터 모자란 것들과 기쁨으로 산다. 자기 존재에 대한 방황의 끝에 주어진 기쁨과 평안으로 산다.

홀로 눕는 작은 공간과 그 안을 채운 모자란 것들

과 소박하게 산다. 어린아이 같고 눈에 띄지 않는 작은 삶이라도 누군가에게 도움이 된다면 수치와 부끄러움까지도 기꺼이 나누며 산다.

인생에서 가장 중요한 세 가지는 자기 자신과 삶과 꿈이다. 살아 숨 쉴 동안, 평범한 일상의 무수한 시간의 연속에서 우리의 삶의 자세는 어떠해야 할까. 시간이 더할수록 어떤 사람은 점점 강해지고 어떤 사람은 스스로 무너진다. 많은 사람이 인생의 어려움 앞에서 누가 무너뜨리는 게 아닌데도 스스로 무너진다. 사람이나 환경이 포기시키는 게 아니라 자신이 포기하는 것이다. 자기가 삶을 놓아버리고 자신을 지워버리고 꿈을 포기한다. 내 인생에 내가 없고 나로 서지 못한 사람은 한순간에 무너진다. 선물로 받은 삶의 귀함을 알지 못하고 이미 가지고 태어난 많은 재능을 활용해 살지 못한다.

이 세상에 비인간 존재도 의미와 목적 없이 창조

된 것은 하나도 없다. 하물며 사람은 어떠하랴. 무한대의 사랑을 받아 태어난 한 사람의 존재가치는 유일무이하다.

내면이 건강하면 아무리 힘들어도 절대 무너지지 않는다. 끝나지 않을 것 같은 고통의 연속에도, 꺾이고 뒤틀리고 수축하고 구부러져도, 거칠고 험난한 시간이 이어져도, 견디기 어려워 모두 포기하고 싶어도, 인생이 내 마음에 안 들어도, 부러져버릴 것 같은 압력과 공격에도, 더 이상 살고 싶지 않은 순간에도, 아무리 노력해도 안 될 것 같은 절망에도, 삶의 의미를 잃어버려도, 불안과 불면이 깊어져도, 내면이 건강하면 그 어떤 내외부의 공격에도 무너지지 않는다.

자기가 누구인지 알고 내면이 건강한 사람은 절대 무너지지 않는다. 누가 흔든다고 흔들리지 않고 뽑는다고 뽑히지 않는다. 아무리 힘들어도 내가 나를 포기하지 않는다면 우린 타고난 것으로 잘 살 수 있다.

사람과 환경이 나를 버린 것 같아도 내가 나를 버리지 않으면 된다. 내면이 건강하면 끝까지 버틸 수 있다. 살면서 별의별 일을 다 겪어도 자신으로 우뚝 설 수 있다. 자신의 삶을 살면서 꿈을 포기하지 않는다. 무엇을 하든 있는 곳에서 자기 삶을 긍정하며 자신에게 만족한다. 자신으로 우뚝 선 사람은 주변 사람들도 단단하게 세운다. 우리는 본이 되는 사람을 통하여, 자기가 좋아하는 선하고 바람직한 일을 통하여, 검증된 진리를 통하여 내면이 건강해지도록 자신을 가꾸어나가야 한다.

명도만 갖추고 색과 채도를 갖추지 못해 흐릿하고 순수하지 못한 인생이 있다. 삶을 지탱시키는 주요함인 삶의 가치와 목적이 불분명하면 위태하다. 사람은 생업 이외의 일, 하고 싶고 좋아하는 일이 별도로 있어야 한다. 돈이 되지 않아도 영혼을 깨어있게 하는 취미나 꿈이 반드시 있어야 한다. 우리는 일만하고 밥만 먹고 살도록 만들어지지 않았다. 아무것도 꾸미지 않은 본연의 모습, 그 자체로 자신과 만나야 한다. 살아있음을 느끼게 하는 일을 하며 평생을 살아야 한다. 매일 하고 싶어서 하는 일, 누가 시키지 않아도 즐겁게 하는 일, 오랫동안 하는 일이 자신의 타고난 재능이다. 자신이 오늘 하는 일과 되고 싶은 무엇과 확신하는 일과 매일의 습관이 그의 정체성이다.

당신의 삶에 기쁨이 없다면 본연의 자신으로 살지 않기 때문이다. 영혼이 아픈 이유는 자신이 누구인지 모르고 자신을 만나지 못해서다. 본질적인 기쁨과 안정감과 평안은 자신으로 살 때 드는 감정이다. 삶의 이면. 못 박히고 그늘진 곳. 짙은 그림자에서 자신을 찾은 사람은 본질에 반응하며 산다.

마음의 병이 깊어지는 시대. 지금은 어느 때보다 내면의 건강이 최우선으로 중요한 시대다. 주변에는 아이부터 어른에 이르기까지 생기 없이 무채색인 사람이 너무 많다. 영혼이 앓는 시대. 회복 불가능하리만치 몸과 마음이 아픈 사람들이 많이 있다. 그들은 오늘도 상처를 감추고 살아보려 홀로 애쓴다. 그러다가 고통에 지치면 스스로 삶을 끝낸다. 우리는 각자 자신의 정체성과 꿈을 찾아야 한다. 지나간 상처는 세상을 움직여가는 선한 것들에 의해 치유되고 건강해져야 한다. 힘들면 도와달라고 말하는 게 자신의 인생을 소중히 여기는 태도다.

내면이 건강하면 조급함과 불안을 조장하는 이 시대에도 의연하게 살 수 있다. 자신의 그늘진 구석을 인식하고 사는 사람은 타인의 고통을 외면하지 않는다. 우리는 더 낮고 깊은 곳으로 내려가 가진 좋은 것으로 서로를 돕고 품어야 한다. 혼자 힘으로 살아갈 수 없는 사람들의 애통해하는 소리를 들어야 한다.

무채색 인생에 빛이 들도록 ————
아픔을 공감하며 돕는 일이 ————
결국은 모두가 사는 길이다. ————

그는 서른둘에 삶의 자세와 방식이 바뀌었다. 그가 이전의 고유한 바탕에서 새로운 사람으로 다시 태어났기에 가능한 일이었다. 그로부터 십 년 후 암을 치료받으며 그는 다시 한번 태어났다. 거기로부터 다시 십 년 후 창조주의 사랑 안에서 꿈꾸고 오롯이 자신으로 살며 자유를 누리는 사람으로 다시 태어났다. 십 년을 주기로 다시 태어날 때마다 그의 삶이 바뀌고 환경이 바뀌었다.

그 후로 그는 오늘이 인생의 마지막이라는 마음으로 산다. 준비하는 네 번째 책도 마지막 책이라고 생각하고 글에 진심을 담는다. 어떤 사람을 만나든지 그 사람을 다시 볼 수 없을지도 모른다는 마음으로 만난다. 그는 만나는 사람을 전심으로 기뻐하고 자신을 기뻐하고 그 순간을 기뻐한다. 그에게 삶과 죽음은 하나여서 살아서도 사랑하고 죽어서도 사랑하고 싶다. 소박하지만 충만한 삶으로 살아서도 도움이 되고 죽어서도 도움이 되길 소망한다.

사랑하는 사람들과 도움이 필요한 사람들에게 무엇을 줄 수 있을까. 기쁨과 슬픔이 고루 아름답고 공평함을 깨달은 가치를 전해줄까. 아니면 깊고 아름답고 고귀한 삶의 가치를 나눌까. 아니면 빛과 어둠과 짙은 그늘에서 얻은 내려놓음과 평안해진 삶을 나눌까. 아니면 살아있는 것만으로도 사랑받기에 마땅하다고 위로해 줄까. 아니면 아이들의 친구가 되고 좋은 어른의 본이 될까. 아니면 흔들릴 때마다 끝끝내 나의 손을 잡아준 소망 안에서 환희한 삶을 나눌까.

알 수 없는 길로

낯선 세계로의 발 디딤에는 자신의 전부를 거는 용기가 필요하다. 인생의 중요한 선택 앞에 서면 누구나 두렵다. 그러나 미룰 수 없는 새로운 세계로의 방향 전환의 때가 되었음을 자신이 알고 가까운 사람들도 안다. 안전하고 평평한 땅 위에 그대로 머물 것인가 어디로 이어져 있는지 알 수 없는 길로 나아갈 것인가.

기꺼이 자신을 믿고 낯설지만, 새로운 세계로의 모험에 나선다. 사람은 자신을 다 알지 못한다. 처음 가는 길을 헤쳐 나가다 보면 점점 자신을 알게 된다. 모험의 길에 들어서면 원래 가지고 있었지만 알지 못했던 재능과 능력을 발견하게 된다. 더 많이 부서지고, 끊어지고, 뭉개져서 단 하나뿐이 유일한 사람이 된다.

변화되기 위해서는 복잡한 생각은 멈추고 행동하면 된다. 때가 되었음을 느끼면 주춤거리지 말고 자신을 믿고 용기 있게 뛰어들면 되는 것이다. 인생은 그 때로부터 장면이 전환된다. 인생은 어디로 연결될지 알 수 없는 길로 들어서야 잘 살고 있는 것이다. 모험이 끝난 순간 창조적인 삶도 끝난다. 그렇게 일생을 고인 물처럼 살 순 없다. 낯선 세계로의 용기 있는 도전은 자신이나 곁에 있는 사람에게나 기대와 설렘이다. 알 수 없는 길로 나아가는 용기가 있을 때 어디에 있든 자기만의 길에서 벗어나지 않는다. 이렇게 살 때 사람은 사소한 근심에 압도되지 않고 독립된 삶을 살 수 있다.

점심때가 되었지만 그는 밥 먹을 생각이 없다. 겉이 진한 갈색이 도는 식빵을 반으로 잘라 속살을 파먹었다. 하얗고 보드라운 작은 동굴이 만들어졌다. 빵의 속살을 뜯어 먹을수록 내면은 텅 비어 갔다. 속살의 촉감은 아기의 보드라운 볼살 같다. 이번엔 식빵의 표면을 뜯어 입에 넣는다. 진한 갈색으로 구워진 식빵의 겉면은 가죽을 씹는 것처럼 질겼다. 순간 앞에 먹다 만 빵을 쳐다보며 어이없는 듯 웃었다. 잘 씹히지 않는 질긴 식빵이 요즘 꼭 자기 인생 같았기 때문이다. 그는 홀로 멍하니 앉아 다갈색 빛이 도는 뻣뻣한 빵을 씹으며 생각했다. 오늘이 인생의 마지막 날이라면 무엇을 남기고 가야 할까. 최고의 가치를 무엇에 두고 살아야 하나 생각했다. 질문에 대한 답은 언제나 글쓰기로 종결되었다.

그는 글을 쓸 때 가장 자유로웠고 충만했다. 그 시간만큼은 아무 근심이 없었다. 그는 자기다운 게 뭔지 무엇을 할 때 가장 행복한지 알고 있다. 세상에 살다 간 흔적을 모조리 글로 남길 수 있다면 떠날 때 후회하지 않을 것이다. 글을 쓰면 불안이 잠잠해졌다.

매일 불씨처럼 날아드는 ―――――――

타인에 대한 슬픔과 ―――――――

자신에 대한 고독으로부터 숨을 쉴 수 있었다. ―

일상은 사건들의 전시장 같고 온갖 감정들이 뒤섞인 전쟁터 같다. 서로에게 뿌리를 내린 사람들의 고통이 여과 없이 원시림처럼 공기 중에 떠돈다. 일찍이 잉태된 것이 지금에야 드러난 퇴적된 고통이다. 고통은 언제나 무겁다. 아무 일 없는 듯 잠잠히 숨죽였다가 드러나면 오히려 그 무게가 가벼워진다. 죽음의 말들이 안으로 쌓이면 파괴적이 되지만 입 밖으로 나와 서술되면 그 힘을 잃는다. 그러니 말하지 못할 고통은 없다. 모든 고통은 말하면 가벼워진다. 가벼워지면 언젠가는 치유된다. 우리는 서로의 고통을 들어주는 사람들이다. 글을 쓰는 사람에게는 글이 곧 그의 말이고 그가 하는 말은 곧 그의 글이다.

퇴근 후 완독했다는, 두고두고 계속 볼 것 같다는, 고단한 것들을 밀어내며 위로가 된다는, 숱하게 겪어온 일들의 한 부분처럼 공감이 된다는, 펄럭이는 삶의 한 자락을 글로 엮어줘서 고맙다는, 나도 이런 어른이 되고 싶다는, 최애 작가라고 추어주는 말은 독자가 글쓴이에게 건네는 최고의 위로와 용기를 주는 말이다.

글보다 삶이 더 나은 사람의 글은 읽는 사람의 영혼을 흔들고도 남는다. 진실한 삶의 결실이 곧 글이면 읽는 사람도 변화된다. 삶에서 알맞게 익혀 영혼을 유익하게 하는 글은 홍보하지 않아도 널리 퍼진다. 출간된 책이 주목받지 못하면 그 수명은 한 달이다. 그 뒤로는 서점의 신간 소개 평대에서 내려져 반품 처리된다. 책이 돈이 되지 않는 순간 있을 자리를 잃는다.

그런 순간에도 작가는 자기의 피로 써서 출간한 책을 포기하지 않는다. 부모가 자기가 낳은 자녀를 절대 포기하지 않는 것처럼 작가도 마찬가지다. 모든 게 넉넉하여 차고 넘치는 시대, 책도 차고 넘친다. 책이 세상에 태어나 주목받지 못하면 매일 옷을 갈아입듯이 사람들 기억에서 사라진다. 책장에 꽂혀 책등이 볕에 퇴색되는 시간을 누리지 못한다. 찾지 않고 눈에 띄지 않는 책장의 구석에도 있을 자리는 없다. 작가는 그가 쓴 글과 평생 함께 산다. 온 마음으로 살고 온 마음으로 씀으로 존재한다. 작가는 자기가 쓴 글과 같거나 글보다 나은 삶으로 글을 짓는다. 글은 곧 작가 자신이다.

인격의 무게가 더해갈수록 삶은 근사하게 변한다. 자기 삶만큼은 확실하게 알게 되는 것이다. 지난한 과정을 지나오며 생각에 무게가 더해진다. 행동은 점점 느릿해지고 생각은 깊고 묵직하게 바뀐다. 불협화음처럼 끼어들어 통제하려 드는 타인의 무례함에도 중심을 잡는다. 예기치 않게 급변하는 상황도 묵묵히 견딘다. 마음이 막대한 소진을 겪으며 단련된 인격은 무례하게 끼어드는 것들에도 휘둘리지 않는다. 지금까지 삶을 지탱 시켜온 것들을 지켜낼 힘도 생긴다.

생각이 많은 사람은 내면이 더 능동적이다. 인격이 점점 더 성숙해지면 생각과 행동에 균형이 잡힌다. 집중할 때 헛된 생각은 비활동적이 되고, 집중하고 있는 일에는 역동적이 되고, 산만함은 수동적으로 바뀐다. 인격의 무게가 더할수록 더할 나위 없는 것들에 마음을 두고 갈등에도 유연한 관계를 유지할 수 있게 된다. 돌연한 삶의 역풍이 몰아쳐도 동요하지 않는다. 인격의 무게가 더해져 진중해지면 있어야 할 자리에서 현존한다. 인격의 무게가 더해갈수록 영혼에서는 묵직한 의연함이 솟구친다. 인격의 무게가 더해지면 대류권의 폭풍우를 뚫고 올라가 성층권에서 살아가는 듯 평온하다.

어떤 사람이나 존귀하지 않은 사람이 없고 현존하는 그 어떤 것도 목적 없이 존재하는 것은 없다. 이렇게 선물로 받은 소중한 인생을 우리는 어떻게 살아야 할까? 이 질문은 한 줄 문장으로 요약된다. '살아있을 때 만족하고 죽을 때 후회하지 않는 삶'을 살아야 한다는 것이다. 이렇게 살기 위해서 우리는 무엇을 알아야 하고 어떻게 행동해야 할까? 문득 십 대 후반에 만났던 어른들에게 인생에서 중요한 것이 무엇이냐고 질문했던 기억이 난다. 그러나 그들은 내 질문에 대답하지 못했다. 어른들은 인생에서 중요한 것이 무엇인지 몰랐고 어떻게 사는 게 값진 인생을 사는 것인지도 몰랐다. 나는 인생에서 가장 우선해야 하는 중요한 일을 삶의 경험을 통하여 깨달았다. 나는 지금 깨달은 중요한 세 가지를 실천하며 살고 있다.

나는 유년부터 지금까지 적잖은 고난을 겪었고 오십 중반에 접어들었다. 인생의 고비마다 죽음과 부활을 경험하며 오늘에 이르렀다. 굴곡 많은 여정이 한순간처럼 지나갔다. 고통의 터널을 지나며 인생에서 중요한 세 가지를 알게 되었다. 세 가지 가치가 내면에 명확하게 정립되지 않으면 인생을 낭비하게 된다. 내가 누구인지 모르고 무엇을 해야 할지 모르고 어디로 가야 할지도 모른다. 세 가지를 행하지 못하면 우리의 인생은 허무하다. 목적 없이 지루한 인생의 방황은 끝도 없을 것이고 두려움과 무의미함이 삶에서 떠나지 않을 것이다.

인생에서 중요한 세 가지 중에 첫 번째는 나는 누구인가? 정체성에 관한 이야기다. 나는 누구며, 어디에서 왔고, 왜 살며, 죽으면 어디로 가는지에 대한 확실한 답이 우리에게 있어야 한다. 우리는 내가 누구인지 알고 오롯이 나로 살아야 한다. 그렇지 않으면 살아있을 때 만족할 수 없고 죽을 때는 후회하며 두려움

속에서 눈을 감을 수밖에 없다. 우리는 하나님으로부터 이 세상에 보내졌다. 우리는 의도와 목적을 가지고 태어난 존재지 우연히 생겨난 존재가 아니다. 정체성이 먼저 바로 세워져야 인생이 바로 세워진다. 이 정체성이 어릴 때 바로 세워지면 인생에서 헛된 방황을 하지 않게 된다. 삶에서 크고 작은 어려움들은 겪겠지만 뿌리째 흔들려 뽑힐 것 같은 심한 혼란은 겪지 않는다. 정체성은 "자신의 내부에서 일관된 동일성을 유지하는 것"이다. 사람의 정체성은 창조주 하나님 안에서만 바로 세워질 수 있다. 사람에게 있어서 이 일관된 동일성은 하나님이 우리를 유일한 한 사람으로 창조하셨다는 것이다. 그리고 그 아들 예수그리스도를 믿음으로 생명을 얻는다는 것이다. 하나님은 사람을 당신을 닮은 형상으로 창조하셨다. 그리고 창조한 사람을 보며 심히 좋았더라고 말씀하셨다. 우리의 정체성이 하나님 안에서 세워지면 서로에게 심히 좋은 사람들로 변화된다.

우리를 이 세상에 존재하게 하신 분은 하나님이시다. 하나님은 우리의 아버지시다. 우리가 하나님의 사랑받는 자녀라는 확고한 정체성은 절대 변하지 않는다. 좋으신 하나님 아버지께서 우리를 이 세상에 보내셨다. 이런 우리는 하나님의 영광의 광채며 예수그리스도를 구주로 믿고 구원받아 천국에 가는 사람들이다. 이 진리는 영원히 변하지 않는 진리요 우리의 정체성의 근간이다.

두 번째 인생에서 중요한 일은 '죽는 순간까지 꿈꾸는 사람으로 사는 것이다.' 작고 사소한 꿈이든 큰 꿈이든 그것은 중요하지 않다. 누가 알아주든 알아주지 않든 그것도 중요하지 않다. 고유한 나를 찾아 나로 살며 꿈을 이루기 위해 살아가는 게 중요하다. 나로 살기 위해서는 자신이 어떤 기질의 사람인지 먼저 알아야 한다. 무엇을 좋아하고 무엇을 싫어하는지 알아야 한다. 나로 살아가면 매 순간 살아있음을 느끼며 현재의 삶에 만족하고 감사하게 된다. 내면의 소리를 무시하고 자기로 살지 않고, 영혼과 대화하지 않고, 돌보지 않으면 불면증이 생긴다. 우리는 생계를 유지하기 위해 적성에 맞지 않는 일을 할 수 있다. 그렇더라도 우리는 반드시 시간을 내서 내가 좋아하고 하고 싶어 하는 일을 하며 살아야 한다. 가치와 의미 있는 일을 찾아야 사는 보람을 느끼게 된다. 그래야 노년을 황금기로 살 수 있다. 우리는 죽는 날만 기다리며 비참하게 살도록 지음 받지 않았다. 자신이 무엇을 할 때 행복한지 찾으면 이 일을 하다가 죽어도 좋다는 일을 반드시 찾을 수 있다.

세 번째 인생에서 중요한 일은 하나님을 사랑하고 나를 사랑하고 이웃을 사랑하는 것이다. 하나님은 우주 만물과 사람을 창조하셨다. 우리는 하나님의 절대 사랑을 받을 때 인생의 근원적인 불안과 방황이 끝난다. 하나님의 무한한 사랑 안에서 다시 태어난다. 나는 하나님의 사랑을 받고 엄마 같은 여인들의 사랑을 받아 슬픔이 치유되었다. 하나님의 무한한 사랑 안에서 강박이 치유되어 자유에 이르렀다. 무엇이든 열심히 해야 한다는 강박, 사람이나 사물의 효용성에 집착하는 강박, 병적인 희생의 강박, 자신감 없이 주눅들고, 부탁을 거절하지 못하고, 고통은 속으로 삭이는 역기능의 삶이 모두 치유되었다. 나는 하나님과 사람들을 사랑한다. 오십에 이르러서야 하나님께서 주시는 절대 평안을 누리게 되었다. 오랜 시간을 지나 자신으로 우뚝 섰다. 나는 그렇게 사랑받고 사랑하며 자신으로 살아간다.

인류 역사는 만물의 통치자, 하나님께서 주관하신다. 우리를 만드신 하나님은 우리의 "앉고 일어섬을 아시고 멀리서도 우리의 생각을 밝히 아신다." 하나님은 세상 끝 날까지 우리를 다정히 사랑하며 측은히 여기시고 끝까지 지키시고 돌봐주신다. 이런 영원한 하나님의 사랑에 모든 인생을 맡기고 즐거이 살라 하신다.

우리는 일어선 빛이다. 일상의 어둠은 빛의 영역으로 매일 옮겨진다. 낮게 깔려 무기력하게 푸석이던 어둠은 빛 속으로 흔적도 없이 흡수된다. 우리는 매일 일어선 빛이 된다. 그 빛은 어그러지고 빗나가고 벗어난 곳으로 깊숙이 스며든다. 빛은 어둠을 해체시켜 흠이 없는 상태로 되돌려놓는다.

우리는 서로를 살게 하는 빛이다. 순간 물러가도 또다시 몰려오는 어둠이다. 우리가 사는 동안 어둠을 물리칠 빛이 매일 공급된다. 짙푸른 어둠을 모두 밝혀도 매일 채워지는 넉넉한 빛이 우리를 둘러 비춘다. 그 빛은 우리의 영혼에 저장된다. 매일의 어려움이 일상의 경계를 넘어와 우리를 두렵게 하면 그 빛이 우리를 보호한다. 빛은 언제나 우리 곁에 차고 넘친다. 짓

뭉개는 어둠 속에서도 우리는 빛으로 옮겨가면 된다.

우리는 태어날 때부터 이미 일어선 빛이다. ——
사랑함으로써 너무나 아름다운 우리는 ————
서로를 일으키는 살아있는 빛이다. —————

자유

그는 가둘 수 없고 갇히지 않는다. 어떤 굴레와 억압도 그 앞에서는 무력하다. 보이는 것과 보이지 않는 그 무엇에도 얽매이지 않는다. 그가 자신과 사람들 사이에서 추는 춤은 누구도 따라서 출 수 없다. 자신조차도 그를 억압하지 못하고 걸림돌이 되지 못한다. 그는 고단함마저 기쁨으로 바꿔 노래가 되게 한다. 그는 영원한 것과는 거리가 먼, 흐슬부슬 흩어지는 세상과 사람을 통과하여 지나간다. 삶도 죽음도 그를 멈춰 세우거나 넘어뜨리지 못한다. 그는 지상에서도 천상에서도 자유다. 그는 자유이기에 기꺼이 뒷배경 되어도 좋다. 그는 누구도 침범할 수 없는 그것 자체로 자유다.

살아낸 후의 기록, 삶의 발자취다. 부모가 자신의 아이를 포기하지 않듯이 작가는 영혼으로 낳은 책을 포기하지 않는다. 특별하고 빼어나 주목받지 못해도 여전히 처음 마음 그대로 귀하다. 작가의 책은 진실한 삶으로 잉태하여 낳은 자녀다. 그의 깊고 아리고 아름다운 성장 이야기다. 다시 일어설 수 없을 것 같은 절망의 오랜 공백이다. 글은 깊이와 무게와 자유를 덧입는다. 한 줄 글이 위급한 생명을 살리고, 메마른 영혼에 피를 공급하려면 작가는 얼마나 많이 피를 흘려야 할까. 얼마를 고뇌하며 시간을 보내고 죽고 살기를 반복해야 할까. 죽음을 거쳐 생명에 이르지 않고는 생명이 될 수 없고 죽었다 살아나지 않고는 부활이 될 수 없다. 영혼으로 체득된 것만 영혼에 닿을 수 있기 때문이다. 어떠한 성장도 시간을 뛰어넘어 순간에 될 수 없다. 깊이 있는 것들은 시간의 다스림을 받는다.

작가의 영혼은 깊은 것들과 연결된다. 어둠은 그의 영혼을 깊은 곳으로 데려가 그곳에서 낮춰 사람들을 일으키는 희망이 되게 만든다. 어둠을 넘어선 작가들은 어둠의 깊이보다 더 깊고 빛의 밝음만큼이나 밝다. 표면을 스치는 것으로는 깊음을 품을 수 없고 영혼을 깨울 수 없다. 잿빛 어둠 같은 고독과 깊숙한 고통은 작가의 숙명이다. 작가의 깊이는 곧 글의 깊이다. 작가는 빛과 어둠에 관통당한 사람이다.

연약한 것들과 가슴 앓는 것들, 변변치 않은 것들과 희망을 놓아버린 것들이 보였다. 세월에 굴곡이 더해갈수록 켜켜이 쌓였던 어둠이 밝아왔다. 잡다한 근심을 내려놓기가 쉬워졌다. 작고 보잘것없는 것들을 보살필 시간이다.

길가에 이름 모를 모난 돌멩이 같았던 사람. 그에게 말없이 친구가 되어준 책 속의 친구들. 그들처럼 길잃은 영혼의 친구가 되었다. 소망으로 살아온 삶이 글 보석이 되었다. 지극히 작고 의지할 곳 없는 사람들에게 희망이 되었다. 슬픈 사람들의 영혼을 끌어안기 위해 숱한 시간을 눈물로 보냈다. 사람들이 자신을 찾도록 돕기 위해 자기가 누구인지 모르는 정체성의 혼란을 겪었다.

어떤 사람을 만나든 마음의 짐을 덜어주려 곁을 내준다. 오랜 시간 슬픔과 허무와 가난과 고독으로 살아온 삶으로 그들을 위로한다. 잦은 절망에 목숨이 위태한 세상에서 작지만 분명한 빛으로 산다. 길을 찾는 사람들에게 소망의 빛이 되라고 "너는 삶으로 노래하는 나의 작가다."라고 위로해 주셨나 보다. 긴 시간의 외줄 위에서 작지만 분명한 빛이 되어 빛으로 살다 오라고 죽음에서 건져 삶을 연장해 주셨나 보다.

화가

그는 자신이 창조의 본체다. 색채와 형태와 질감은 그의 언어다. 매일 창가에 찾아오는 빛은 화가의 평생 친구다. 그는 평범한 사람들이 보지 못하는 것을 보고 느끼지 못하는 것을 느낀다. 희로애락의 사계절이 그의 영혼에 싹을 틔우고 꽃을 피우고 저만의 빛깔을 물들여 결실하게 한다. 자기 취향대로 꾸민 자기만의 공간에서 고유한 방식으로 존재한다. 그의 호흡이 스며든 익숙한 곳에서 좋아하는 일을 한다. 결핍과 한계를 넘어 성장한다. 고통을 통하여 진정한 사랑과 자유를 깨닫는다. 그의 길은 유일하고 고유하며 통제할 수 없고 지름길도 없다. 평균을 한참 웃도는 감수성으로 더 아프고 더 섬세하다. 그에게서는 어떤 시간도 무심히 흘러가지 않는다. 고통스럽고 느리고 모호한 시간을 반복해서 물감을 쌓아 올리듯이 견딘다. 같은 길을 가는 사람들이 겪는 보편의 고통을 겪는다. 꿈꾸는 사람의 길고 긴 인내의 시간을 수용한다. 연속되는 흐린 날 잠깐 드는 볕의 위로에 그의 마음은 해낙낙하다.

화가는 자신이 살아있는 그림이다. 그는 자신의 전부를 쏟아부어 그린 그림으로 세상이 건강하고 아름답게 변화될 것을 기대한다. 그는 저절로 아는 것과 지식의 축적으로 아는 것과 타고난 감수성과 포기하지 않는 의지로 그림을 그린다. 화가에게 잘못된 붓질은 없다. 형태를 다듬고 색을 쌓아 올려 더 멋진 작품을 만드는 능력이 그에게 있기 때문이다. 자기만의 향기와 색채와 형태로 존재한다. 그는 매일 곁으로 찾아오는 빛의 손을 잡고 그림을 그린다. 그림을 통해 말하고 소통한다. 그는 자신으로 살아가는 날들의 기쁨과 사랑과 자유와 고독을 그림에 새겨 넣는다. 물감을 쌓아 올려 자신만의 독특한 질감으로 그림을 완성한다. 캔버스 앞에서 붓을 들고 자신만이 출수 있는 춤을 춘다. 기쁨과 슬픔과 고독을 혼합해 자신의 색을 만든다. 그림은 그의 고통과 감사와 인내의 삶으로 생명을 얻는다. 사는 동안 자신의 결에 맞는 그림을 창조한다. 형태를 재창조하여 색을 입히고 명암을 더하고 밀도를 높여 자신의 인생을 캔버스에 옮겨놓는다.

그는 죽음에서 다시 태어나 사망을 벗고 생명이 되었다. 역기능적으로 살던 그는 제 기능의 삶을 알지 못했다. 그러나 그는 어느 때인가부터 생명과 삶과 부활과 밀접한 죽음에 대해서 말하기 시작했다. 그는 죽을 고비를 넘겨 소생했다. 고립되었던 14년의 세월이 그에게서 과거가 되었다. 강제로 옮겨진 작은 나무 같았던 그는 적응해서 살아남았다. 세월이 지나 극한의 환경에도 꽃이 피기 시작했다. 홀로 어둡고 푸른, 스틸 블루 빛 같은 시간도 지나갔다. 멈추고, 흩어지고, 찢어지고, 봉합되어 단련된 사람은 웬만한 일에는 흔들리지 않는다.

그가 흔들리지 않는 것은 지나온 삶으로 번역된 자기만의 문장이 있기 때문이다. 그는 살아낸 시간을 되짚어 인용된 자기만의 분명한 문장이 있다. 쉽게 넘어갈 수 없었던 위기, 죽음 가까이에서의 인내가 자신에게로 더 가까이 이끌었다. 그가 흔들리지 않는 것은 매 순간 오늘이 삶의 마지막인 듯 살기 때문이다. 하여 그 삶 그대로를 긍정하기에 그는 흔들리지 않는다. 그는 살아간 모든 삶의 기쁨과 슬픔, 깊고 아름다움을 글로 남길 수 있는 축복을 받았다. 그는 범사에 열정과 좋아하는 일을 오래 할 수 있는 능력도 받았다. 그의 인생은 세상 한 모퉁이에 대충 생겨났다가 금방 허물어지는 그런 인생이 아니다.

"오늘 죽는다면 오늘이 세상을 떠날 완벽한 순간이기 때문이다." 죽음을 앞두었던 신실한 사람의 말이다. 그는 떠났지만 남긴 말은 유효하여 내 삶의 중심을 잡아준다. 오늘 하루도 죽음 이후에 나의 평생을 대변할 삶을 충만하게 살아간다. 그러니 흔들릴 일이 없다.

2장
그림자 짙은 빛이라도

사람들은 그림자 짙은 빛으로 영영 어둠에 머물거나
"회전하는 그림자도 없는"
빛을 닮아가거나 둘 중 하나다.

관대하고 가차 없는

반듯하고 견고한 직사각형의 시멘트 담장에 둘러싸인 꽃동산이 있다. 그 동산에는 지렁이와 달팽이가 많이 산다. 삽목하려고 꽃삽으로 흙을 파면 지렁이가 흙의 진동을 느껴 윤기 나고 매끈한 몸으로 지상으로 튀어 오른다. 놀라서 튀어나온 지렁이의 몸이 마를까 봐 촉촉한 흙을 덮어준다. 정원지기는 식물과 지렁이한테는 너그럽고 진딧물에게는 가차 없다. 새순에 다닥다닥 붙어있는 진딧물을 보면 급한 마음에 장갑을 낄 새도 없이 우선 엄지와 검지로 비벼서 잡고 본다. 손가락은 어느새 짓이겨진 초록색 진딧물로 끈적인다. 한참을 맨손으로 진딧물을 잡다가 이번에는 입구가 넓은 그릇에 물을 받아 왼손에 들고 중간중간 손을 씻으며 진딧물을 잡는다. 진딧물과 같이 손끝에서 비벼진 작고 여린 새순을 물로 씻는다. 물은 어느새 뭉개진 진딧물로 초록색으로 변했다. 너무 많아 손으로 일일이 잡을 수 없을 때는 여린 새순을 꺾어 진딧물을 발로 비며 없앤다. 진딧물, 민달팽이, 고운까막 노래기를 매일 잡으며 생각한다. 나는 식물에는 한없이 관대한데 곤충에게는 가차 없을까. 꽃들에는 관대하지만 잡초에는 가차 없을까. 정원사라면 식물을 해충으로부터 지키고 돌보기 위해서 당연한 일인데 나는 고민한다. 살아있는 곤충을 죽이는 일이 왠지 잔인하게 느껴져 마음이 불편하다. 이런 마음이 드는 것은 생명값에 대한 마땅한 마음이다. 어느 때나 살아있는 것들의 생명을 빼앗는 일은 쉽고 가볍게 취급될 수 없다.

생명의 주체자가 그들에게 생명을 주었다. 생명은 반드시 무언가의 희생과 죽음으로 유지된다. 죽음은 언제나 생명을 낳고 키운다. 생명의 무게는 세상에 존재하는 모든 것을 합한 무게보다 무겁다. 생명은 사람들이 두려워하는 죽음보다도 훨씬 더 무겁다. 한 사람이 지닌 고귀함의 무게는 이보다 더 무겁다. 신의 형상으로 창조된, 고유성을 가진 존재의 무게를 우리가 가늠할 수 있을까.

볼품없는 나무는 휘황한 것들 사이에서 꼬부라진 모습으로 자란다. 구부러진 것들에도 그만의 아름다움과 그 자리에 있어야 하는 목적이 있다. 하루의 첫빛이 들지 않는 북쪽으로 난 창문에도 평온하게 지는 빛이 찾아온다. 창문이 없었다면 스치고 지나듯 비쳐오는 빛이 안부를 묻지 못했을 것이다. 하루에 한 번씩 켜지는 햇빛 조명도 보지 못했을 것이다.

사람이나 사물이나 시절 그 자리에 불완전한 모습이지만 완전하게 현존한다. 주목받지 못하고 어떤 업적을 성취하지 못했어도 존재하는 것들에는 고유한 목적이 있다. 그 자리에 존재하는 본연의 모습에는 어떠한 이유도 무엇도 보탤 필요가 없다. 어떤 사람이 스스로 가치를 부여하며 걷는 작은 걸음도 자체로 완전하다. 그 존재의 펼쳐짐이 소박해도 더없이 아름답다. 세상에는 그만의 목적을 가지고 먼저 걸어간 작은 발걸음이 무수히 많다. 자신을 뛰어넘고 환경을 뛰어넘은 자들의 발걸음은 모두에게 용기요 위로다. 한 걸음도 내딛지 못하고 주저하는 사람들을 인도하는 희망이다.

분명한 목적을 가지고 있어야 할 자리에 현존하는 것들이 있다. 이런 것들이 경계 없이 침범하는 것들의 한계를 정하고 질서를 바로잡는다. 흔들리는 것들을 안정시키고 뒤집어쓴 어둠을 벗겨낸다. 그만의 아름다움으로 세상을 품어 사람이 살만한 더 나은 세상으로 만들어간다.

자기다움이 어떤 건지 알아도 관계에서 그것을 유지하기란 쉽지 않다. 상대에 의해 나의 고유성이 침범 당하는 관계는 언젠가 끝이 난다. 감정과 생각의 깊이와 삶의 결이 다른 사람들과의 예정된 결말이다.

지문만큼 독특하고 다양한 사람들의 각기 다른 생각과 삶의 방식이 있다. 이런 다양한 사람들 사이에서 자신의 기질만 알아도 관계에서 비롯되는 스트레스는 줄어든다. 기질이 다른 사람들과 잘 지내려면 자기가 어떤 사람인지 알아야 한다. 내면에서 울리는 자기의 소리를 들어야 한다.

어떤 일과 상황이 한눈에 읽혀도 진짜 속마음을 표현하지 못하는 사람들이 있다. 이런 사람들은 맞지 않는 사람과 관계를 유지하려고 애쓰는 게 얼마나 힘든지 안다. 관계에 휘둘리는 일은 일상의 많은 에너지를 고갈시킨다. 자신을 갉아먹는 힘든 관계를 유지하려고 상대방의 입장에서 생각하는 일이 잦아진다. 상대를 이해해 보려고 노력하는 것은 그 관계가 힘들다는 반증이다. 노력해도 끝내 관계는 유지되지 않고 고통의 무게만 가중된다. 자신이 은결들면서 상대에게 맞추려고 노력한다. 계속 부딪치면서도 기질이 다른 사람들과 잘 지내려고 마음을 쓴다. 그만큼 노력했으면 된 것이다. 이제부터는 상대에 대한 예의를 지키며 유연한 관계를 유지하면 된다. 나로 살아가기에 편편하지 않고 고유성이 무시되고 자유가 억압당하면 자신이 원하는 대로 살면 된다.

불편해진 관계였어도 한 시절 함께 했고 진심이었으면 된 것이다. 자신이나 이웃이나 모두 불완전하기에 우리는 사람인 것이다. 시작과 끝이 모두 좋기를 바라도 관계는 그렇게 되지 않는다. 함께 보낸 시절

진심이었던 서로의 마음에 감사하면 된다.

우리는 무덤에 들어가는 순간까지 성장한다. —

삶의 모든 여정을 통하여 자유에 이른다. ———

우리는 빛으로 창조되었다. 그러나 지금의 모습은 어둠이면서 빛이기도 하다. 어둠에 속했던 부분들은 보편적인 삶의 긴 시간 속에서 빛으로 변화된다. 어둠은 점진적으로 빛에 흡수된다. 긴 시간 속에서 우리는 점점 참된 빛으로 빚어진다.

겉으로 드러난 모습이 온유하게 되기까지 얼마나 많은 시간 수면 아래 잠겨있었을까. 그림자에 빛이 들기까지 얼마나 많은 허물을 감싸안았을까. 어떤 일을 결정할 때 배려라는 이름으로 마땅한 때가 오기를 얼마나 기다렸을까. 대화의 깊이가 다른 사람과 관계를 유지하기 위해서 얼마나 이해하려 노력했을까. 마주보며 건넨 무수한 말이 서로에게 닿지 못하고 표면을 스치고 증발하면 얼마나 홀로 고독했을까. 말이 진정한 효력을 잃어버려 고갈된 마음을 붙잡아두려 얼마나 마음을 모았을까. 답이 없는 인생의 한가운데를 지날 때 말과 행동에 답이 되려고 얼마나 불분명한 시간을 견뎌야 했을까.

> 깊고 아리고 고독하고 아름답고 ———————
> 보람 있는 인생의 고유함을 이해하기까지 ———
> 또 얼마나 많은 시간이 필요했을까. ————————

나는 무엇 같다

나는 깊고 아름다운 문장 같고, 고통과 슬픔과 결핍을 겪고 봄볕에 활짝 피어난 한 송이 꽃과 같고, 그늘지고 차갑고 딱딱하고 거친 것들을 지나 사람들 곁에 머무는 햇살 같고, 무엇에도 얽어매지 않고 사랑과 자유로 살아가는 궁극의 기쁨 같다. 누구의 삶도 함부로 판단하여 규정하지 않는 겸손 같고, 낮은 자리에 머물며 마음에도 없는 것을 만드느라 마음을 쥐어짜는 말과 행동은 멈추는 지혜 같고, 진실한 말과 그에 맞는 실천으로 글보다 삶이 더 본이 되는 사람 같고, 지상에서 사는 동안 사랑함으로 본연의 자신으로 살아가는 완성 같고, 그 사랑으로 각 사람의 고유한 삶과 꿈과 슬픔을 헤아려주는 신의 성품 같고, 자유와 사랑 안에서 만족하는 삶을 사람들과 나누며 살아가는 사랑하는 이의 현현 같다.

말로 표현할 수 없는 것들은 눈물이 된다. 어떤 때는 눈물이 말을 대신한다. 말이 되지 못한 감정 앓이가 눈물이 된 것이다. 눈물의 언어는 감정의 심층에서 나오는 묵은 언어다. 감정도 말이 되어 밖으로 나와야 숨을 쉬고 그 무게가 가벼워진다. 눈물로 말을 대신하는 것은 억눌린 감정이 그 무게를 덜어내지 못했기 때문이다. 어떤 때는 눈물이 감정을 대신한다. 감정이 쓰린 마음을 견디다 한계가 오면 눈물로 쏟아지는 것이다.

눈물은 풀어지지 않고, 이해할 수 없고, 해결되지 않는 것들의 기도다. 우는 것은 말보다 간절한 기도다. 뼛속에 새겨지도록 오래 품고 인내해야 하는 것들의 무게를 밖으로 내보내는 것이다. 포기할 수도 없고 견디기에도 한계에 다다른 것들을 견디게 하는 눈물이다. 불가항력적인 현실을 견딜 수 있는 것은 하지 못한 말을 눈물에 흘려보냈기 때문이다. 눈물은 한 번도 놓지 않은 소망의 언어다. 지속적으로 어려운 환경에 대한 저항이다. 눈물은 응답 되지 않은 기도로 흔들린 신뢰를 견고히 하는 애통의 언어다. 굽어진 길을 걸으며 새어 나오는 탄식도 언어다. 넓혀지기를 소망하는 일이 수축한 채로 고정된 곳에서 터져 나오는 심층의 언어다.

눈물은 삶의 언어다. 지금이 힘들다고 현재를 외면하고 미래를 앞당겨와 살 수 없다. 완전한 결말, 죽음이 오기 전까지 자신의 존엄성을 지키며 가치 있는 삶을 살게 하는 눈물은 영혼의 언어다.

그는 어둠이면서 빛이기도 하고 짙은 그림자와 한낮의 밝은 빛이 뒤섞여 있다. 굽어지고 뒤틀린 곳을 줄곧 비추던 햇빛의 방향이 어느샌가 바뀌었다. 보편적인 삶의 숭고함을 묵상하게 되었다. 그는 꿈꾸고 소망하였기에 긴 터널을 지나야 했다. 힘들었던 긴 시간 속에서 사람의 영혼을 볼 수 있는 시야가 열렸다. 그는 답이 없는 인생을 겪을 만큼 겪었다. 이런 시간을 지날 때는 이대로 끝나 아무것도 이루지 못할까 봐 두려웠다. 탁월함이 없이도 열심히 살아왔으나 가시적인 열매가 없는 것 같았다. 그가 하는 일이 모든 것을 걸만한 일인가 자신에게 묻곤 했다.

그러나 눈에 띄지 않고 누가 주목하지 않아도 멈추지 않고 걸었다. 걷다 보니 이 길이 얼마나 아름다운 여정인지 알게 되었다. 작지만 분명한 빛으로의 삶, 비범과는 거리가 먼 평범함, 별것 없고 특별하지 않음에도 줄곧 이 자리를 지켜왔다. 같은 길을 걸어온 24년이 인생 최고의 기쁨과 행복인 것을 이제는 안다. 변하지 않는 진리와 흔들리지 않는 분명한 목적을 가지고 걷는 길의 평안을 안다. 이 길이 답이 없는 인생의 정답인 것을 신의 부드러운 음성을 들어서 안다.

인생의 짧은 시간이 영원으로 이어지는 답을 안다. 범속함이 신성함 안에서 아름다운 가치로 변화됨을 안다. 특별한 것과 보편적인 것이 각각 존재하는 목적과 그것들이 가진 고유성을 깨달았다. 이런 깨달음이 사람과 세상을 대하는 마음과 인생을 보는 눈과 사는 방식이 달라지게 함을 안다. 단조롭고 소박한 일상에서 특별함을 보고, 불안한 시대를 살며 두려울 때 특별한 가치로 보편의 삶을 살아야 함을 안다. 동시대를 사는 사람들과 화합하여 지혜롭게 사는 법과 살아있는 모든 것과 균형과 조화를 이루며 살아가는 답을 안다.

말과 행동과 관계

말은 그 사람의 인격이다. 순간에 쏟아진 물처럼 말은 언제나 행동보다 빠르다. 말은 변하지 않는 마음을 상대방이 들을 수 있게 표현하는 것이다. 말은 상대를 생각하고 있음의 강력한 표현이다. 자유로운 마음은 말로 태어나 순간에 존재하고 흩어진다. 빠른 말은 마음의 고통이다. 그것을 모두 실행에 옮기느라 스스로 갈등으로 치닫는다.

말의 진정성은 언제나 행동으로 증명된다. 실행력으로 그 무게가 지켜진다. 행동보다 빠른 말은 언제나 행동으로 진정성이 입증된다. 말의 무게를 지키느라 행동하기 위해서 적잖은 갈등을 한다. 말한 대로 행동하느라 마음이 말의 무게를 떠받친다. 누구도 자기가 한 말을 모두 행동으로 옮기지는 못한다. 내뱉은 말을 지키려고 노력할 뿐이다.

관계는 깊은 말이 통할 때 유지된다. 상대 앞에서 말문이 열린 것은 마음이 열린 것이다. 마음이 닫히면 말문도 닫힌다. 그래도 말을 하는 것은 관계가 좋아질 희망이 있는 것이다. 누군가와 말하고 싶은 의지를 잃어버리는 것은 관계의 위기다. 말이 상대의 마음에 닿지 못하고 대화의 깊이가 다르면 서서히 말을 줄이게 된다.

이러저러한 이유로 만난 사람들에게 했던 설부른 말이 생각나 부끄럽다. 시간을 두고 검증하지 않고 쉽게 칭찬하고 비난했던 말이 생각나 화끈거리고 민망하다. 친구는 말이 통하는 사람이다. 바라는 것은 말이 통하는 사람과 오랜 관계를 맺는 것이다. 시간이 지나도 마음에 남아있는 사람은 진심에서 우러난 말로 관계를 맺은 사람이다.

말의 무게

사람의 인품은 그가 하는 말에 드러난다. 그가 어떤 사람이며 살아온 삶은 어땠는지 하는 말에 많은 부분이 드러난다. 말의 무게는 그가 사는 삶으로 더해진다. 많은 사람이 영영 수면 아래로 가라앉아 버릴 것 같은 위태한 삶을 살면서도 어려움을 쉽게 말하지 못한다. 사람들이 겪는 어려움은 사랑과 공감과 이해면 가벼워질 수 있는 일들이다. 누구나 도움을 받아야 하는 순간이 있다. 기꺼이 도움을 줄 사람들이 주변에 있다. 우리는 서로를 도우며 살도록 지어졌다. 극한의 고통의 삶을 살아내고 자유에 이른 사람의 말은 치유할 수 없을 것 같았던 상처와 고통을 풀어준다. 그의 인내의 삶과 심연을 거쳐나간 말은 사람들의 마음 깊은 곳에 도달해 마음을 치유하고 자유로운 삶으로 이끈다.

특별할 것도 없고 탁월한 것도 없지만 고통스러운 삶의 값을 아는 사람이 있다. 그런 사람의 진정성 있는 말은 많은 사람들의 묶인 마음을 풀어 자유롭게 한다. 아무것도 이루지 못한 삶도 그 자체로 의미 있고 아름답다. 거친 삶을 살아내야만 했던 사람의 눈물과 한숨과 탄식과 희망과 생명의 말은 치유와 평안한 삶으로 미는 힘이 강하다.

우리는 별로 마음에 들지 않는 매 순간을 산다. 긍정하고 싶지 않은 삶을 묵묵히 살아간다. 별것 없어 보이는 자리를 지키는 것으로 말의 무게와 진정성은 신뢰를 얻는다.

먼 길을 돌아 더
많은 인내로 살아낸 삶의 무게는
말의 무게다.

바보 엄마

담장 위에서 열흘이 넘게 경계 태세인 참새 한 마리. 작은 몸집의 영악한 참새는 두 다리로 요리조리 통통 뛰면서 왔다 갔다 분주하다. 참새의 지저귀는 경쾌한 고음은 따라 부를 수 없이 높고 청아하다. 경계하는 고음은 음역대가 높아 목울대를 진동해 깃털을 미세하게 움직인다. 담장 위에 앉은 참새의 얼굴이 또렷이 보인다. 아침마다 찾아오는 귀엽고 시끄러운 참새의 이름을 짹짹이라고 부른다. 꽃을 심는 거리와 새와의 거리는 다섯 발자국 정도다. 집과 집 사이 외벽에 뚫려있는 작은 구멍에 둥지를 튼 작은 새 한 마리. 아침저녁으로 보초를 선다. 정원에 있는 사람을 경계하는 것이다. 참새는 숨도 쉬지 않고 내지르듯 쥐어짜는 소리와 스타카토로 끊어 지르는 고음의 소리를 번갈아 가면서 낸다. 둥지 주변을 날아서 담장 위에 앉는다. 반복해서 아침이 떠나가라 소리 지른다. 수다쟁이 참새와 아침 인사를 나눈다.

아침에 마당에 나가보니 작아서 잘 보이지도 않는 새 한 마리가 죽어있다. 이웃집 외벽 참새 둥지에서 눈도 뜨지 못한 새끼가 떨어진 것이다. 옷도 한 벌 걸치지 못한 어린 새의 죽음이 아팠다. 반복되지 않기를 기도했다. 며칠 후 이번엔 또 한 마리가 받아놓은 빗물에 떨어져 죽어있다. 날갯죽지에 칼깃이 나서 빳빳해지려면 아직 먼 새 한 마리. 맨살의 연분홍 새를 폭죽이 터지듯 피어난 붉은 벨가못 아래에 묻어주었다. 처음 한 마리가 죽었을 때 더 이상 죽지 않기를 바랐건만 끝내 세 마리가 죽고 끝이 났다. 어느 날부터 목청 높여 경계하던 어미 새도 더 이상 보이지 않았다. 그간 제 몸집보다 몇 배나 큰 소리로 경계하던 수다쟁이 참새와 정이 들었다. 찾아오면 마주 보며 인사하고 너무 시끄러우면 조용히 해달라고 부탁한 적도 있다. 어느 때부터인가 참새는 다시 찾아오지 않는다.

짧게 끊어서 지르던 경계의 소리도 더 이상 들리지 않는다.

수고로이 품었으니 태어났고 태어났으니 창공을 날아야 했다. 도시 건물 외벽에 둥지를 튼 바보 엄마는 그게 최선이었겠지. 새끼들을 키울 집을 지을 때 잘 키워보려고 선택한 거겠지. 수시로 경계를 서며 작디작은 몸집에서 우렁찬 소리를 낼 수 있었던 것도 아이들을 지키려는 모성 때문이겠지. 세상의 모든 엄마처럼 아이들이 잘되라고 최선을 다했겠지. 결과는 잘되지 않았어도 그게 최선이었겠지. 만개한 벨가못의 향기가 진하게 풍겨오는 여름 아침이다. 세상 모든 엄마의 자녀를 위한 사랑의 수고가 더 값지게 느껴지는 생육 하고 번성하는 계절이다.

빛이면서 어둠이기도 한

무한한 가능성이면서 깊은 어둠이기도 하고 열린 문이면서 굳게 닫힌 문이기도 하다. 훼손되지 않은 순수함이면서 감청색 어둠이기도 하고 무한한 밝음이면서 흑수정 같은 어둠에 고립되기도 한다. 뛰어난 예술성을 타고났지만 자기와 화해하지 못하고 사회에서는 부적응자이기도 하다. 때 묻지 않고 순수하지만 일상을 유지하지 못하고 세상에서 겉돈다. 이런 사람의 정체성은 빛이면서 어둠이기도 하다. 사람들은 그림자 짙은 빛으로 영영 어둠에 머물거나 "회전하는 그림자도 없는" 빛을 닮아가거나 둘 중 하나다.

아직 빛으로부터 뒤돌아서지 않고 어둠에 완전히 잠식당하지 않았을 때, 마음이 굳게 닫히지 않고 빛의 편지가 매일 도착하는 영혼에게 사랑의 편지를 쓴다.

세상의 모든 약한 것들로부터 절대 돌아서지 않는 빛이 자신의 언어로 길 잃은 영혼에 부칠 편지를 쓴다. 그늘진 곳을 외면하지 않는 헤세드의 빛이 희망이 부재한 마음에 짙고 선명한 금홍색 글씨로 편지를 띄운다.

오만은 한 사람의 길고 긴 역사를 너무 쉽게 짓밟는다. 지금까지 그의 삶을 유지해 온 가치와 의미를 아무것도 아닌 것 같이 휘젓는다. 그가 사랑하고 기뻐하여 멈출 수 없었던 수고를 아무것도 아닌 듯이 뭉갠다. 마음대로 재단하여 자신의 생각을 덧씌운다. 자기만 옳다 한다. 원하지도 않는 자신의 정답을 상대에게 구겨 넣는다. 각자 최선을 다해 살아온 발자취는 이것 아니면 저것으로 극명하게 쉽사리 나눌 수 없다. 오만은 상대가 살아온 삶의 방식을 순간 뒤엎어버린다. 각자의 시간에 흘린 피, 땀, 눈물을 아무것도 아닌 것 같이 무화 시켜버린다. 어떤 사람도 자신의 삶만 정답일 수 없다.

대부분의 사람은 제대로 살기 위해 치열하게 고

민하며 더 나은 방향으로 나아간다. 그러나 자신을 제대로 알지 못하는 사람은 자아도취 되어 타인은 가르쳐야 하는 대상쯤으로 취급한다. 모든 것을 다 아는 자신처럼 행동해야 한다고 은연중에 가르친다. 오만은 자신의 세계에 갇혀 정작 자신을 제대로 보지 못한다. 오만한 사람은 관계에 있어서 상대의 고유성을 인정하는데 한참 부족한 사람이다.

어느 누구도 상대의 전부를 알 수 없다. 안다고 생각하여 상대를 고치려고 할 뿐이다. 속으로 생각하는 것과 대놓고 말하는 것은 또 다른 문제다. 우리는 무수한 시간을 지나 지금에 이르렀다. 한 사람의 꿈과 희망과 사랑과 좌절과 아픔과 간절함을 다 알 수 없다. 이 모든 것은 그 사람만의 것이다. 우리는 서로를 이해하고 배려하며 친절한 마음으로 존중할 뿐 충고할 수 없다.

하루를 더 살수록 자신의 부족함이 점점 더 잘 보

여서 누구를 가르치는 게 조심스럽다. 아직 들을 마음이 없는 사람에게 지도와 편달은 역효과라는 것은 경험으로 안다. 꾸준히 성장하며 자신을 돌아보는 사람은 문제를 알고 있다. 누가 굳이 알려주지 않아도 된다. 각자 자기부터 바르게 행동하면 된다. 삶이 최고의 가르침이니 삶으로 말하면 된다. 다른 누가 보기에 어떠하든지 자기가 자기를 볼 때 부끄럽지 않으면 된다. 자신에게 만족하고 떳떳하며 양심에 거리낄 게 없고 부끄럽지 않으면 잘 살고 있는 것이다.

꺾여도 부러지지 않고 흔들려도 뽑히지 않는 삶이었다가 그 삶이 죽음인 것 같았다가 그사이 어디쯤 환한 빛으로 태어난 부활이었다가 부족함이 없었다가 채워지지 않는 갈급함이었다가 틈바구니에서 잠들었다가 한 번도 잠들지 못했다가 사랑의 단비로 무르익어가다가 벌레 먹어 설익은 떫은맛이었다가 예측할 수 없이 떨리는 불안의 광풍이었다가 부유를 딛고 일어선 절대적 확신이었다가 광대한 혼돈 속에서도 흔들리지 않는 확고함이었다가 뿌리를 내린 곳에서 아주 뽑힐 것처럼 흔들렸다가 순간에서 영원을 느끼는 영속적 확신이었다가 끝끝내 가야 하는 길에서는 확인하고 더듬거리고 주춤거렸다가 가시지 않은 불안에도 위엄을 갖추었다가 지, 정, 의가 창조의 자유 안에서 뛰놀다가 불가항력의 최전선, 현실의 벽에 부딪혀 주저앉았다가 또다시 자신으로 일어나 생명으로 우뚝 섰다가 죽음과 생명을 오갔다가 반복해서 사망을 이긴 부활이었다가.

다시 못 볼 그리움에 비하면 만질 수 있는 그리움은 그 무게가 한없이 가볍다. 만날 수 있는 그리움은 되돌릴 수 없이 생이 다한 그리움과 같지 않다. 이 그리움은 심연, 어둡고 깊숙한 곳에 닿지 못하는 그리움이다. 우린 다시 볼 수 있고 만질 수 있어 서로에게 맞닿은 그리움이다. 이 세상에 사랑하는 사람과의 영원한 이별이 아프지 않은 사람이 있을까 그 시기가 언제라도 아프지 않을 이별이 있을까.

삶과 죽음이 하나인 하나님 편에서 보면 아쉽거나 아프지 않은 죽음일 것이다. 죽음의 때와 평안한 죽음이 하나님께 속해있으니. 떠난 자나 남은 자나 그 인생이 어떠함을 모두 알고 계시니, 계속되어야 하는 남은 자의 인생에 대한 계획이 하나님께 있으시니, 하나님 편에서는 모두 평안하여도 될 이별인 것이다. 하나님의 사랑이 남은 자를 극진한 사랑으로 한 사람만 사랑하듯이 돌보실 터이니 슬퍼하거나 고뇌하지 않아도 되는 죽음도 있는 것이다. 영혼을 영원한 세계에 고정하고 하나님께 남은 삶을 맡기고 동행하며 행복해도 되는 이별도 있는 것이다. 슬픔이 기쁨으로 매일 부활하는 천상에 속한 이별도 있는 것이다.

우는 자와 함께 우시는 그리스도의 사랑이 우리를 죽음으로부터 살리셨으니 주님 안에서는 죽음도 우리를 깨트릴 효력이 없는 것이다.

아직 날이 저물지 않았고 헤어질 때가 아니었는데 갑작스럽게 그는 떠났다. 그가 항복하지 않았는데 항복 되었고 놓지 않았는데 끊어졌다. 우리는 이편과 저편의 다른 세계에서 그가 없는 낯선 삶을 다시 배운다. 문득 그가 생각나면 겹겹이 둘러싸인 슬픔에 목이 메고 인생이 무상하게 느껴진다. 그가 생전에 남기고 간 것들은 그보다 수명이 길다. 생일 선물로 준 십자가 금목걸이가 그러하고 예쁘지는 않아도 안 입은 것 같이 편안한 낡은 원피스가 그러하다. 그가 사준 15년은 족히 넘은 피부 같은 옷은 그대로다. 그의 목숨은 왜 볼품없는 원피스의 목숨보다도 짧아야 했을까. 사람의 목숨은 그가 기르던 반려견 수명보다 짧다. 그러나 그가 남기고 간 슬픔은 그보다 수명이 길다.

속도를 위반한 듯 그의 떠남은 비정상적으로 빠르고 원하지 않았는데도 이르다. 슬픔을 다루는데 능하지 못한 마음과 그의 짧았던 삶을 글 속에 묻는다. 일찍이 통째로 떨어지는 붉은 꽃과 같았던 그를 잊지 않고 기억한다. 쓰는 이의 슬픔은 한 줄 문장 속에 머물고 기억된다. 삶은 진정성 있는 글로 태어나 읽는 이들의 마음을 두드린다.

아직 저물지 않은, 찬란히 아른거리는 빛이 아름다운 오후. 핏방울 같은 눈물을 글 속에 묻어둔다. 글은 소화되지 않는 슬픔을 정면으로 바라보게 한다. 글은 고통을 낫게 하는 최고의 명약이다. 글을 쓰는 동안에는 기한 전에 떨어지고 깨진 삶의 고통도 견딜만하다.

아픈 이파리

사방화로 피어 바람에 흔들리는 레이스 꽃을 보느라 잎이 병듦을 보지 못했다. 꽃 주위로 돋아난 잎이 오그라들었는데 꽃만 보느라 잎을 보지 못했다. 병들어가는 잎의 말을 듣지 못했다. 얼룩덜룩하고 오돌토돌한 잎의 앞뒷면을 손가락으로 비벼 해충을 잡는다. 엄지와 검지의 손가락 끝은 초록색 물질로 끈적하다. 맨손으로 진딧물을 짓이겨 잡고 초록색으로 물든 손을 씻는다. 어린 배롱나무에게 미안해서 가만가만 손끝으로 잎을 만진다. 꽃만 보느라 아픈 이파리를 보지 못해서 미안하다. 낱낱의 잎으로 말하는 나무의 말을 듣지 못해서 미안하다. 너의 아픔을 늦게 알아차려서 미안하다. 자엽 백일홍 블랙다이아몬드의 그 독보적인 아름다움은 무엇과도 견줄 수 없다. 꽃이 귀한 여름 자줏빛이 도는 붉은 꽃은 홀로 찬란하다.

언제 그랬던가

완전하지 못한 것들의 생존 방식이 영혼을 일깨운 하루. 언제 시도한 일들이 한 번에 잘 되고 완벽했던가. 인생이 쉽고 무엇이 번듯했던가. 언제 주목받았던가. 그렇지 않았어도 포기하지 않고 여기까지 오지 않았나. 지금도 목적과 길을 잃지 않고 여전히 희망하며 걷고 있으니 이대로 괜찮지 않은가. 누가 시킨다고 할 일인가. 그랬으면 벌써 그만두었을 일이다.

가장자리의 조연 같고 비주류의 작은 삶 같은 인생이 있다. 그렇다고 그 인생이 하찮거나 한갓 된 것은 아니다. 구부러진 길을 돌고 돌아 느리게 가는 중이다. 늦게 가도 목적지를 향해 가는 걸음 멈추지 않았으니 괜찮다. 어디로 가야 할지 분명히 알고 완전하지 못해도 가는 중이다. 포기하지 않고 이 길을 가는 것으로도 의미는 깊다. 시도한 일의 결과가 자주 실망스러워도 언제 그랬냐는 듯이 현실을 감사로 진정시킨다. 자기를 바쳐 억압하는 것들 앞에서 오늘도 저항한다. 흔들려도 전과 다름없이 좌절과 싸운다.

흠모할 만한 아름다움이 내게 없어도 존재를 인정받아 태어난 것을 기뻐한다. 포기할 수 없는 길을 가는 것에 만족한다. 변함없는 사랑 안에서 분명한 목적을 가지고 자유롭게 살아간다. 이런 삶보다 더 아름다운 삶이 또 있을까. 그 무엇도 부럽지 않은 변치 않는 확신이 마음의 뿌리를 단단히 붙잡아 주는 하루다. 시린 하루 끝에 어둠이 내렸다. 오늘은 다른 사람보다 늘 그 자리에서 최선을 다하는 나를 인정해 주고 위로해 준다.

영혼은 가역적

한시적이고 유한한 인생의 흔적이 그대로 제 빛깔로 존재하는 장소. 영혼은 본연의 나다. 반복되는 일상에서 새로움을 발견하게 하는 것도 영혼이다. 한 번 손상된 몸의 비가역적인 부분은 되돌릴 수 없어도 영혼은 비가역적인 얽매임으로부터 벗어나 원상태로 되돌아올 수 있다. 영혼이 시작된 곳, 더 높고 깊은 곳으로 나아갈 수 있다. 뇌의 영속적인 결손에도 영혼만은 훼손되지 않는다. 영혼이 고유한 자신이다. 영혼은 몸의 비가역적 손상을 뛰어넘는다. 영혼은 가역적이라 삶을 변화시켜 본질적인 삶을 살게 한다. 삶 또한 가역성이 높아 사는 동안 받은 모든 손상을 회복시키고도 남는다. 가역성의 생명이 언제나 비가역성의 회복 불가능을 뛰어넘어 우리의 삶은 이어지고 유지된다. 삶은 언제나 가역성이다.

일주일의 희망

매주 오천 원으로 희망을 구매한다. 탁자 위에 밝고 눈부신 빛살이 매일 찾아오면 어두운 잿빛 납색의 탁자는 번쩍인다. 빛을 흡수한 탁자 위에는 일주일 치의 희망이 놓여 있다. 종이 한 장 속에 가지런한 숫자에 희망이 배열되어 있다. 가벼운 바람에도 펄럭이는 종이 한 장, 갇히지 않는 희망이 마치 신기루 같다. 종이의 무게는 잴 수 없지만 종이 한 장이 품은 희망은 잴 수 있다. 일주일을 생존하고 구겨지는 삶의 희망, 그것도 희망이니 고된 삶을 버티게 하는 힘이 될 것이다. 원하는 곳, 제자리로 돌아오고 싶어서 일주일에 한 번 기대와 희망을 구매한다.

우리는 자발적으로 그 자리를 선택하지만 놓인 물건처럼 마음대로 움직일 수 없다. 그 자리에서 고단한 삶은 지속되고 구매한 희망은 일주일을 살고 바람처럼 흩어진다. 닿을 듯 닿지 않고 이루어질 듯 이루어지지 않는 소원 같다. 원하지 않는 삶을 멈추고 싶다. 작은 종이에 배열된 숫자의 희망에 기대어 또 하루를 살아간다. 부여받은 삶은 부여받은 숫자의 조합처럼 모였다가 쉽게 흩어지지 않는다. 밤을 밝히는 희생의 숭고함은 견고하고 단단하다. 일주일 분량의 희망에 빛 알이 스며들고 불어온 바람에 먼지가 쌓인다. 일주일의 끝이 가까워지면 메마른 종이의 끝이 둥글게 말려 올라간다. 종이 한 장 속의 희망은 일주일을 살고 죽는다. 다시 희망을 구매한다. 또 다른 희망이 목숨을 이어간다.

평생 누군가를 부양해야 하는 막중한 책임이 있는 사람이 돈에 대하여 가치중립적이기는 쉽지 않다.

중년을 살지 못하고 떠난 사람. 나는 그가 떠난 나이를 한참 지나 중년이다. 중년이 되어보니 제 목숨을 살지 못하고 떠난 그의 인생이 더 아픔으로 다가온다. 그의 세계는 초록이 왕성한 계절에 영영 멈췄다. 그가 제 몫의 삶을 다 살지 못해서 그 사람 대신 지금 이렇게 열심히 사는 것일까. 지금 그대로의 모습으로 노래하며 사는 중년이다. 날마다 솟구치는 열정과 극대화된 자유로 그의 잃어버린 중년을 두 배로 산다.

내려놓음과 맡김의 진정한 의미를 아는, 방종이 아닌 진정한 자유에 이르러 무엇에도 매이지 않고, 보이는 것들과 보이지 않는 것들에서 굳게 지켜야 할 것과 놓아야 할 것이 명확해지는, 잡다한 것들을 비워내고 올곧은 영혼으로 우뚝 서 흔들리지 않는, 늘비했던 모든 것이 재구성되고 재창조되어 균형이 잡히는 중년이다. 자신을 둘러싼 환경의 불완전함에도 살아낸 삶을 긍정하고 만족하는, 고통을 통과하며 정립된 깊고 아름다운 것들로 깊어지는, 진정한 삶을 정의할 수 있는 나이 중년이다. 나는 지금 사랑과 자유로 만개하여 중년을 살지 못하고 떠난 한 사람의 한 생애를 애도 한다. 그가 향유하지 못한 몫까지 살고 있다.

친구

결이 맞는 친구 한 명 있었으면 좋겠다. 무너진 모습도 스스럼없이 보여줄 수 있고 목적이 아닌 존재만으로 위로가 되는 그런 사람이 있었으면 좋겠다. 한 꺼풀도 덮어쓰지 않고 맨 마음으로 만나도 부끄럽지 않은 그런 사람이 있었으면 좋겠다. 팔 할이 배려하는 사랑이라면 나머지는 노력하지 않아도 되는 자발적 사랑이면 좋겠다.

효용성이 없어도 그냥 존재만으로도 마냥 좋아하는 사람이 있었으면 좋겠다. 대화의 깊이가 비슷해 같이 있으면 영혼이 채워지는 그런 사람이 있었으면 좋겠다. 말 이면의 마음을 읽을 수 있고 마주 보면 마냥 좋아 절로 웃음 짓는 사람이 있었으면 좋겠다. 홀로 있어도 기쁘고 같이 있어도 기쁜 그런 사람이 곁에 있었으면 좋겠다. 생의 불꽃이 모두 타오르기 전, 목적 없이 존재만으로 서로를 그리워하는 그런 친구 한 명이라도 있었으면 좋겠다.

탁월하지 못해도

탁월함은 완벽함이 아니다. 마뜩잖아도 계속하고 있는 것이 탁월함이다. 세상은 탁월하지 않은 것들에 의해 유지되고 다음 세상으로 이어진다. 포기해도 벌써 포기해야 했을 그 일을 계속하는 것이 실력이다. 하고 싶은 일은 그냥 하면 된다. 모양새 나고 뛰어난 것에서 시선을 돌려 그냥 시작하면 무엇이라도 되는 것이다. 마음먹은 일을 시작하지 못하면 아주 할 수 없게 된다. 시작해서 그만두지 않는 것도 성공이다. 무수한 변두리의 것들이 질긴 생명력으로 세상을 이끌어간다. 무딘 칼이라도 있어서 재료를 썰고 과일을 깎는다. 탁월하지 못하고 연장의 날은 무뎌져 잘 들지 않아도 필요할 때마다 썰고 깎으면 되는 것이다. 이 세상에 존재하는 것들은 탁월하지 않아도 존재 자체로의 가치는 변하지 않는다.

작가는 자신의 성장 이야기를 단어에 입혀 글로 쓴다. 피로 쓴 작가의 글도 때로는 훑고 지나가듯 읽힌다. 책은 유행이 지난 옷처럼 어디에 있는지도 모르게 먼지 속에서 잠을 잔다. 책이 폐지가 되고 불쏘시개가 되어도 글의 가치는 여전하다. 누가 알아준다고 다 살아있는 글이 아니고 알아주지 않는다고 죽은 글이 아니다. 세상에는 주목받지 못하고 탁월하지 못한 것들의 질긴 생명력이 있다. 그들이 밝히는 어둠의 영역이 있다. 그 영역에 속한 것들은 어둠을 통과한 빛이 아니면 반응하지 않는다. 탁월하지 못해도 쓰일 곳이 있다.

삶의 한가운데서 흘린 눈물은 헛되지 않다. 영원히 쇠하지 않는 가치 있는 일에 인생을 건 선택은 헛되지 않다. 성품이 빚어지는 동안 새어 나온 한숨도, 죽음의 표면을 만지는 고독도, 죽음 이후 영원으로 건너는 다리를 놓는 침묵도, 골이 깊은 골짜기에서 고유하고 유일한 사명을 위해 달음질한 시간도, 아무것도 보이지 않고 손에 잡히지 않고 아무것도 아닌 것 같은 시간도, 납득할 수도 해결할 수도 없는 편재한 고통과 연결된 수많은 시간도 모두 헛되지 않다.

지금 여기에 존재함이 사람과 우주 만물에 헛되지 않음이 얼마나 큰 축복인가. 고귀한 가치에 뜻을 두고 걸어온 길은 한낮의 햇살처럼 눈부시고 영원히 빛날 별처럼 반짝인다.

인생의 계절이 가을 중반으로 접어들어 열매의 빛깔이 선명해졌다. 혼자 떠오르는 아침을 맞이하고 돌아가는 저녁을 배웅한다. 홀로 지낼 때면 유한한 시간이 무한히 주어진 것만 같다. 홀가분하고 느슨한 시간이 반복된다. 혼자 밥을 먹는 일은 세상에서 가장 진지하면서도 성실한 일이다. 오롯이 자기만을 위해서 밥을 지어야 하는 시간이다. 혼자임에도 매일 규칙적으로 밥을 먹는 일은 삶의 뼈대를 견고히 세우는 일이다. 숭고한 삶을 예우하며 제대로 살기 위해서 중요한 일이다. 규칙적으로 밥을 먹는 일이 영성이다. 무엇과도 순서가 뒤바뀔 수 없는 일이다.

매일 누군가의 밥을 챙겨주기 위해서 바삐 움직이던 규칙적인 시간이 멈췄다. 주방도 생기를 잃고 숨을 멈췄다. 혼자 먹기 위해 밥을 짓는 일이 이토록 어려운 일이었는지 이 상황이 당황스럽다. 가족을 위해 밥을 짓는 일도 쉽지 않았지만 자신을 위해서 밥을 짓는 일은 그보다 몇 배는 더 어려운 일이다. 새로운 환경에 적응하는 능력이 한참 떨어지는 사람이 있다. 스트레스 지수가 높은 사람이다. 그런 사람은 혼자 밥을 먹을 때 밥보다 고독을 더 많이 먹는다.

인생의 한가운데를 지나는 사람에게 가장 중요한 일은 나를 위해 밥상을 차리는 일이다. 밥을 챙겨 먹는 일은 무르익은 중년을 받쳐주는 기둥이다.

깊어진 노년, ___________________________

고유한 자신으로 살아가는 삶은 _____________

또 얼마나 아름다울까. ____________________

그는 어른이 된 지금도 여섯 살 아이에게서 자신을 본다. 하루아침에 뒤엎어진 그 시절 모습과 아이의 모습이 겹쳐 보인다. 의지할 곳 없이 무력했던, 혼자 힘으로 살아갈 수 없었던, 악한 것들에게 무방비로 노출되었던, 울타리 없이 아무나 드나들었던, 정체성 없이 떠돌던, 뿌리 없이 흔들리던 존재였다. 그러나 그보다 한참 어린 핏덩이로 홀로 남겨진 아이도 있다. 눈물의 첫 호흡과 동시에 세상에 홀로 던져진 아기들이 있다. 누군가의 전적 돌봄이 있어야만 살 수 있는 젖먹이들이다. 이들의 생명은 누군가의 숭고한 희생으로 지켜진다. 엄마를 대신해 돌봄을 자처한 사람들이 있어 생명은 끊어지지 않고 이어진다.

어린아이라는 보물을 누군가가 먹여주었고, 씻어

주었고, 안고 토닥여 재워주었다. 자신을 돌볼 수 없었을 때 누군가의 돌봄이 없었다면 어찌 되었을까. 그는 어른이 되어서도 이따금 보육원에서 살던 여섯 살 때의 자신을 생각한다. 그 시절 아이의 마음은 어땠을까. 그는 누군가의 희생으로 지금 여기에 있다. 삶의 모든 과정이 일처럼 느껴지고 해내야 하는 숙제같이 느껴지던 때가 있었다. 이런 마음의 상태를 "허구적 독립성"이라 한다. 안으로는 의존적인데 겉으로는 독립적인 사람처럼 보이는 것이다. 이런 상태는 보살핌이나 도움을 받은 경험이 없는 사람들에게서 나타나는 증상이라고 한다. 누군가의 도움으로 살았던 유년 시절 그는 갚지 못할 빚을 졌다. 씻기고, 먹이고, 입히고, 재웠던 그들에게 사랑의 빚을 졌다. 그는 요즘 힘써 그 빚을 갚는 중이다.

그는 살아오는 동안 많은 이에게 사랑과 도움을 받았다. 보육원 시절부터 어른이 되어 자신으로 우뚝 서기까지 좋은 사람들이 곁에 있었다. 모진 인생은 신의 영역에서 해석되었고 사랑으로 번역되었다. 그의 인생은 기적이다. 그의 인생의 정점은 지금이다. 그는 지금 그대로 평안하다. 모든 것에 부족함 없다. 남은 인생, 누군가의 도움을 받아야 살아갈 수 있는 이들을 위해 기도한다. 받은 것을 되갚을 수 없는 사람들을 위해서도.

3장
사랑함으로 자유하다

모든 일을 우리 스스로 결정하는 것 같으나

어느 한순간도 [illegible] 개입하지 않은 순간이 없다.

그림자 없는 빛이 인생에 찾아오면 우리도 빛이 된다. 빛이 함께 있어 불협화음도 아름다운 노래가 된다. 흔적 없이 모두 사라지는 세상 끝에도 소멸하지 않는 이유다. 때때로 불안에 휩싸여도 거듭해서 평안으로 돌아온다. 매 순간 두려움을 물리치고 뒤돌아보지 않고 앞으로 나아간다. 뒤척이던 불면은 근심 없는 단잠이 된다. 그림자 없는 빛이 찾아오면 결핍도 부족함 없는 상태가 된다. 내외부적으로 평안하지 않은 날에도 우리의 궁극은 회복이다. 우리는 빛으로 태어나 빛의 보호를 받고 빛으로 살다 간다는 것을 기억하면 된다.

우리는 천상의 빛처럼 그림자 없는 빛이 아니다. 빛으로 지명된 존재다. 있는 자리에서 어둠에 맞서는 것은 이미 빛이기 때문이다. 쇠하지 않는 빛으로 살고 있기에 앞으로 뻗어나가는 것이다. 삶의 터전에 뿌리를 깊이 내려 인생의 가뭄과 뙤약볕에도 시들지 않는 강인한 생명력으로 살아가는 것이다. 작은 불꽃이 폭죽처럼 터지는 벨가못의 선홍색 생명의 빛으로 매일을 사는 것이다.

우리는 일상에 드리워진 짙은 그림자를 통하여 그림자 없는 빛을 닮아간다. 덧없는 시간을 뒤로하고 선명한 빛이 되어 수천의 낮과 긴긴밤을 산다. 거친 세상에서 지치지 않는 절대 긍정 소망의 빛으로 산다.

삶의 끝에는 그림자 없는 빛이
기다리는 곳으로 돌아간다.

눈에 넣어도 아프지 않다는 말은 그를 두고 하는 말이다. 여러 색의 필기구가 손가락 사이에 끼워져 있던 손. 오늘은 필기구 대신 손가락을 교차시켜 그의 손을 잡는다. 보드라운 그의 손을 잡고 걷는 일이 이토록 행복한 일이었나. 마주 보고 밥을 먹는 일이 이렇게 애틋한가. 일상의 이야기를 주고받아도 그와의 시간은 특별하다. 나의 마음은 온통 그의 안녕에 집중되어 있다. 그가 움직이는 소리에 귀를 기울이고 말을 아껴 필요한 말을 하고 불편하지 않을 만큼만 다가간다. 기준에 차지 않아도 걱정은 놓아도 된다.

지금 그대로의 그를 믿는다. 이 믿음의 근거는 그의 인생을 가장 좋은 길로 인도하실 하나님이 그의 인생의 주인이시기 때문이다. 하던 일을 계속하는 게 어디 쉬운가. 자기 한 사람을 책임지는 일은 쉬운가. 그는 요즘 직업으로 하는 일 외에 다른 것들을 신경 쓸 여유가 없어 보인다. 새벽과 맞닿은 늦은 저녁에 퇴근해 벗어놓은 옷이 요일별로 차곡차곡 쌓인다. 카펫 위에 쌓인 옷은 작게 솟은 둔덕 같다. 그의 공간은 조금 어수선하지만 무질서하진 않다. 하루 끝에, 매일의 짐을 내려놓듯이 벗어놓은 옷은 다시 깨끗해져 제자리로 돌아간다.

그는 내 영혼에 집을 짓고 산다. 내 영혼의 가장 편안한 자리를 그에게 주고 싶다. 그가 자기만의 길을 가고 있으니 안심이 된다. 그가 선물로 받은 삶을 살아가는 게 내게는 긴긴 위로다. 강제하거나 억압하거나 통제하지 않는 사랑, 그 사랑이 내게는 영원한 기쁨이다. 그를 향한 유일하고 변함없고 영원한 사랑을 유언처럼 글로 남긴다.

보이는 날보다 보이지 않는 날이 더 많더라도 그가 당신 앞에 서는 날보다 서지 못하는 날이 더 많아도 꿈속에라도 찾아와 주셔서 당신이 그를 만드셨고 어제나 오늘이나 영원토록 동일하게 살아계심을 알려주시고 어여삐 보아주시고 한결같이 사랑해 주세요.

그를 죽음에서 살리기 위해 당신의 목숨을 대신 주신 것을 알려주세요. 당신의 영원한 사랑을 알도록 깨우쳐주시고 그가 언제까지나 당신 곁에서 살도록 도와주시고 당신만을 앙망하며 살 그때까지 기다려 주시고 길을 인도해 주시고 지칠 때 힘주시고 슬플 때 꼭 안아 주세요. 그리하여 그가 지상에서 당신이 맡기신 임무를 완수하여 당신을 영화롭게 하도록 세상 끝날까지 악한 것들로부터 지켜주세요. 당신이 새롭게 하심으로 날마다 새 힘과 새 능력으로 새롭게 변화되게 도와주세요. 보이는 것들과 보이지 않는 것들을 만드시고 그 것들에게 생명을 주신 긍휼로 당신의 아이를 세상의 어둠으로부터 지켜 보호해 주세요. “안으로 굽어진 긍휼”의 마음으로 소망해도 그가 영원토록 당신만을 사랑하며 바라볼 수 있도록 영혼을 보전해 주세요.

내 안에 있는 희망 나눠드려요. 당신 안에 있는 좌절도 나눠주세요. 당신의 고통 곁에 있고 싶어요. 혼자는 힘이 없지만 함께면 견딜 수 있어요.

나의 희망이 당신의 묵은 좌절을 일으키고 당신의 좌절이 나에게 연민이 되어 고통의 마찰로 단단해진 삶을 나누어요. 우리에게 찾아오는 많은 어려움도 결국은 빛날 오색찬란한 빛을 빼앗아 갈 수 없어요. 고통을 지나 얻은 눈 부신 빛으로 사방을 비추며 서로에게 희망이 되어요. 곁에서 서로의 손을 잡아주는 위로가 되어요. 서로에게 기대어 더 어두운 곳을 비추는 빛이 되어요. 온갖 삶의 어려움에도 불구하고 기뻐하고 즐거워하며 살아요.

삶이 불공평하고 불확실하다 느껴질 때도 자신과 이웃에 대해 관대함으로 살아요. 매일 다가오는 삶의 어려움을 견디다 보면 살아있는 순간과 죽음 이후에도 변하지 않는 가치를 알게 되지요. 시련을 통하여 우리는 자신을 찾고 소중한 것들을 귀하게 여기며 살아요. 서로의 곁에서 마음을 헤아리면서 사라질 것에 마음을 빼앗기지 말고 살아요. 누구도 고립되어 홀로 외롭지 않게 서로를 붙잡아주어요. 살다 보면 고통의 무게와 흑암의 그늘에 가로막혀 어디로 갈지 모를 때 서로의 길이 되어요. 우리는 서로에게 가장 따스한 햇살이니 서로에게 기대어 다시 일어나 살아가요. 언제까지나 서로의 아픔을 품는 따스한 위로가 되어요. 더 좋게 될 날을 기대하며 고귀한 가치를 따라 살아요. 대단하지 않아도 소중한 자신을 귀하게 여기며 고유한 모습을 찾아가요.

네가 온 날

네가 따스한 봄바람처럼 불어온 날 마주 앉아 너를 보고 있노라니 마냥 좋았어. 내 마음은 네가 켜놓은 기쁨의 등불로 환해졌지. 나의 깊고 진한 그리움은 너를 보는 동안 부활초처럼 다시 살아나 생기를 얻었어. 네가 앞에 있어서 나는 한 송이 웃음꽃으로 피어났지. 네가 온 날 유난히 반짝이던 오후의 햇살은 너와 나만을 비추는 것 같았어. 너의 작은 얼굴에 난 깊은 주름을 비추던 햇살이 비췻빛 찻잔에서 반짝였지. 우리의 얼굴로 쏟아지던 그날의 햇살은 너와 함께라서 더 특별하게 느껴졌지. 마주 보는 너와 나의 얼굴에는 한없는 기쁨이 솟아났어. 햇살이 너와 나의 얼굴에 내려와 머무는 동안에는 굴곡진 우리의 삶도 아름답게 보였어. 우리가 서로를 기뻐하는 순간에는 혼재한 불안이 사라졌고 평안함이 우리 사이에 멈춘 것 같았지. 우리는 서로에게 처음부터 빛이었고 사랑이었고 구원이었어.

네가 일어나 돌아가려니 나 살짝 눈물이 고여. 보고 나면 더 보고 싶어서. 오래 묵은 그리움은 보고 있어도 쉽게 채워지지 않잖아. 내 영혼에 심긴 한 그루 아름드리나무 같은 너. 너는 역경 앞에서도 부러지지 않는 견고한 나무. 너는 내 가슴에 깊은 그리움으로 뿌리를 내리고 살지. 하루도 멈추지 않고 너를 생각하듯이 그리움도 연속성인 거야.

너와 내가 가까이에서 마주 볼 수 없고 네가 내 곁에 없어도 네가 고요히 아침을 맞이하고 평안히 저녁을 맞이하기를. 너의 안녕을 위해 나는 매일 밤이 맞도록 기도하지. 미약하기 그지없었던 네 삶의 시작보다 끝이 더 아름답기를 나 항상 바라. 너를 향한 오월 햇살 같은 나의 사랑은 언제나 그리움으로 피어나 네 곁에서 살지.

팔순이 넘어 보이는 어르신이 아들의 손을 잡고 버스터미널로 들어왔다. 어르신에게 세월이 머문 흔적, 깊은 주름과 은발이 아름다웠다. 배웅 나온 아들이 투박한 말투에 간절한 마음을 담아 엄마에게 다정한 인사를 건넸다. "엄마는 앞으로 백 살만 살아." 아들의 말에 엄마가 대답했다. "그 나이까지 살고 싶어도 못살고 살기 싫어도 살아야 하는 거야." 아들은 엄마를 세상에서 가장 따뜻하고 애틋한 눈빛으로 바라보았다. 엄마는 닳고 갈라지고 굽은 손으로 아들의 등을 쓰다듬었다.

건강하게 백 살을 살라고 엄마의 생명을 사랑의 말로 연장하는 다정한 아들이다. 아직 더 살아야 하는 깊고 아리고 아름다운 삶을 평안하게 살라는 사랑의 인사다. 인생은 두툼한 책의 한 페이지처럼 넘겨진다. 긴긴날 중 의미 있는 하루는 한 장의 페이지에 오래 머묾 같다. 같은 하루가 아니라 매일 새날인 것이다. "건강하게 앞으로 백 살만 살아. 더도 말고 덜도 말고 딱 백 살만 살아." 아들은 사랑한다는 말을 이렇게 에둘러 말한다. 늙지 않고 마르지도 않는 엄마의 사랑, 지순한 사랑이 엄마보다 더 오래 산다는 것을 아들은 알고 있다. 점점 골 깊어지는 주름과 검은색보다 흰회색이 더 많은 아들의 머리칼, 급속히 다가오는 보편적인 삶의 결말이다. 엄마에게 아들은 그의 목숨까지도 줄 수 있는 엄마 자신이다. 아들은 그의 최고의 사랑이며 한 생애의 한없는 보람이요 기쁨이다.

당신이 바람이라서 내가 떠오르고 어둠을 등에 져서 내가 햇살 아래서 살아가는 거야. 당신이 안전한 울타리가 되어 내가 그 안에서 뛰놀며 고유한 나로 만개하여 살아가는 거야. 당신이 버팀목이 되어 내가 집중하고 온기를 머금은 햇살이어서 따스한 마음으로 사람과 만나는 거야. 당신이 바람막이가 되어 그 안에서 내가 쉼을 누리고 흔들려도 성장하는 거야. 당신이 해낙낙한 마음으로 바라보니 나의 아름다운 감수성이 춤을 추는 거야. 당신이 곁에 있어 내가 거대한 사랑의 우주공간에서 자유로이 뛰노는 거야.

당신과 함께하며 사랑을 배우고 감사가 일상이 되고 삶이 안정되는 거야. 당신과 함께 사는 삶에 만족하고 죽을 때는 후회하지 않는 인생으로 마무리되는 거야. 인생의 끝에는 사랑받고 사랑하던 삶을 가지고 빛의 세계로 들어가는 거야. 당신이 곁에 있어 어둠을 딛고 일어선 빛이 되었고 절망을 딛고 희망이 된 거야. 당신의 사랑이 보편적인 것들에 깃든 은총을 보는 눈을 뜨게 했고 새싹에 응축된 생명의 경이로움을 보게 한 거야. 곁에 머무는 사랑으로 곁에 없으면 따스한 그리움으로 항상 함께하는 당신은 나 자신인 거야.

균형과 계획과는 거리가 먼 그의 삶에 특별한 선물이 찾아왔습니다. 그 선물이 얼마나 귀한지 알지 못하여 감사하지 못한 시절이 있었습니다. 사랑이 사랑인 줄도 모르고 그냥 살던 어둠의 시간, 자신을 알 수 없어 불안했던 시절이었습니다. 그때 단단하게 다져진 신뢰의 땅 같은 사람을 만난 것이 인생 최고의 선물이었습니다. 선물인지도 모르고 받은 선물은 위로였고 기댈 수 있는 아름드리나무 같았습니다. 열매가 여물어가듯 그렇게 나이가 들어가며 그의 존재에 대한 감사가 깊어졌습니다. 선물인 그 사람은 언제나 그의 편에 서서 지켜주고, 보호해 주고, 지지해 주고, 세워주었습니다. 그로 인하여 방황은 멈추었고 아주 작은 재능으로 꿈을 이루었습니다.

누가 시키지 않아도 자발적으로 하는 그 일을 포

기하려 할 때마다 그는 용기를 줍니다. 가치 있고 의미 있는 인생을 살아갈 수 있도록 무연하게 도와줍니다. 그는 생의 최고의 선물이며 하나님의 손길이고 하나님의 음성입니다. 그와 함께 살아온 삶은 세상의 것으로는 설명할 수 없어 오직 은혜로만 설명할 수 있습니다.

하나님이 보내주신 사람이 그를 변함없이 사랑하듯이 그도 그의 연약함을 사랑합니다. 서로의 모난 부분에서 굴절되어 반사되는 빛도 그대로 수용합니다. 그는 두 길 사이에서 흔들릴 때면 그 자리를 지키도록 도와줍니다. 내밀한 중압감도 한순간에 가볍게 만들어 줍니다. 그는 내 영혼에 사랑으로 뿌리를 내리고 나는 그가 있어 본연의 나로 살아갑니다. 그가 곁에 있어 길이 보이지 않는 곳에서도 더 좋은 날이 올 것을 소망할 수 있습니다. 한 발 앞을 알 수 없고 희뿌옇게 가로막혀 막연한 시간도 넉넉히 견딜 수 있었습니다. 영혼이 알아듣는 부드러운 사랑의 속삭임과 평안이 잔물결 치며 일상을 이끌어갑니다. 그가 일군 희생의 땅에서 사명을 이루기 위해 달려갑니다.

시절의 빈 페이지에는 나갔다 돌아오는 무수한 날들이 기록된다. 오면 떠나지 않기를 바라지만 있던 곳으로 되돌아간다. 둘이 걸어간 길 홀로 돌아오기도 하고 홀로 걸어간 길 홀로 돌아오기도 한다. 여기저기 흰 눈 위에 정처 없는 발자국이 찍히고 길과 이어진 얕은 동산에도 발자국이 찍힌다. 그리워도 울지 않는 것은 인생의 한 페이지가 넘어가는 시절이기 때문이다. 집으로 돌아가는 길, 소복한 눈 위에 선명하게 찍힌 그의 빈 발자국이 선명하게 보인다. 가던 길에서 방향을 돌려 그가 걸어간 선명한 발자국에 내 발자국을 겹쳐 그의 보폭으로 걷는다. 흰 눈은 그의 흔적을 길 위에 붙잡아 두었다. 눈이 잦아든 찬 바람 부는 길을 그를 그리워하며 그가 걸어간 방향으로 걸었다.

새해 첫날 우리는 여전히 같은 길에 서 있고 살아 있고 서로를 그리워한다. 영영 헤어짐이 아니다. 영영 곁에 있음이다. 꿈이 있어 어려움을 견디고 그가 없어도 혼자 할 수 있는 일을 한다. 인생의 다음 페이지로 넘어가는 과정, 살아있는 것만으로도 기쁘다. 햇살이 떠오르면 금방 물이 되어 사라질 그의 흔적이지만 네 마음의 성소에서는 영원히 지워지지 않는다. 만나면 마냥 좋고 떠나면 온몸에 힘이 빠진다. 지극히 소박한 삶에 만족하고 무엇을 먹어도 같이 먹으면 다 맛있다. 웃으면 따라 웃고 울면 따라 운다. 마음이 무거우면 같이 무겁고 즐거우면 같이 즐겁다.

홀연히 눈을 뜬 아직 어두운 새벽, 삶을 이끌어가는 절박함이 지상에서의 시간을 지속시키는 것 같다. 끝끝내 날아오르려 퍼덕이는 날갯짓의 고단함은 홀로 던져진 존재 같다. 살아남기 위해 몸부림쳤던 시간이었다. 그는 직선으로 흐르는 시간 속에서 의연해졌고 살아낸 고통의 시간만큼 편안해졌다. 놓을 수 없어 잠들지 못했고, 정체성이 바로 세워지느라 더 힘겨웠다. 그것만이 전부인 줄 알았던 그 시절이 뒤엎어져 성장하였다. 모난 것들은 고통을 동반한 인내의 시간을 살아내며 매끄러워졌다.

관절이 접히고 어느 때는 꺾여 어둠을 건넜다. 밤은 그 자체로 짙고 어두워 그림자가 숨겨졌다. 밤이 그림자를 숨겨주면 잠시 쉴 수 있었다. 불러도 대답하지 않았고 아무런 보답도 없었던 사랑이 결실되었다. 자유에 대한 갈망으로 마침내 자유에 이르렀다. 구부러진 길도 노래하며 갈 수 있게 되었다. 하늘의 기쁨으로 가뿐히 바람 부는 언덕에 올랐다. 눅진하게 불어오는 바람의 저항을 견디며 날아올랐다. 당신을 향해 퍼덕이는 날갯짓에 매일 새로운 힘이 공급되었다. 오직 당신만을 사랑함으로 삶도 죽음도 전적으로 맡겼다.

당신이 먼저 사랑하셨다. 길 잃은 나의 영혼을 되찾아주셨다. 나는 당신의 사랑 안에서 강렬한 고통을 통과하였다. 고유한 자신의 빛깔을 찾아 유일한 한 사람이 되었다. 당신이 나를 찾아와 돌아갈 집이 되어주셨다. 나는 물이 되어 당신의 잔에 담겨 당신이 만드는 형체가 되었다. 나는 당신의 형상을 닮을 수만 있다면 더 바랄 게 없다. 흔들리며 고통을 지나 나는 당신의 것이 되었고 당신의 손을 잡고 고요한 흥으로 춤을 춘다. 당신과 같이 하루를 살고 설렘으로 잠이 든다. 새 아침이 밝아와 당신이 나를 깨우면 살아있음에 감사한다. 그때나 지금이나 당신은 여전히 나의 모든 것이며 내가 사는 이유다.

말하지 못하고 듣지 못하는, 보지 못하고 향기 맡지 못하는, 만지지 못하고 걷지 못하는, 붙들지 못하고 놓아버리는, 머물지 못하고 떠도는, 극복하지 못하고 주저앉는, 슬픔을 딛고 기쁨으로 살지 못하는, 묶이고 매이고 억누르는 죽음을 통과한, 빛이면서 어둠에 속한, 깨어진 형상을 다시 구현한 것들에게 자유를.

적막함에서 역동적으로 떠오른 사람에게 새 힘을, 피 흘리고 절뚝거리며 걷는 자들에게 용기를, 말 못 하던 자들이 내는 소리와 노래에 기쁨을, 떠나지 않는 고통을 받아들여 재창조된 사람에게 위로를, 아픈 시간을 지나 환한 빛이 된 사람에게 평안을, 손수 지으신 모든 피조물에게 영원한 영광을.

자신에게 신뢰할 만한 지식과 어떤 강한 확신이 있어도 모두에게 결코 정답이 아니다. 우리는 자신의 잣대로 남을 판단할 수 없다. 잘 알지 못하는 다른 사람을 판단하는 일은 올곧은 길을 최선을 다해 가는 사람들에게 무례한 행동이다. 내게 옳은 것이 있으면 상대에게도 옳은 것이 있다. 한 사람의 생각이 모두 옳을 수 없다. 자기만 옳다 하며 무례하게 말하기보다 예의를 갖춰 상대를 존중하면서 말해야 한다. 그렇게 서로를 존중하고 이해하고 배려하다 보면 구부러지고 뒤틀린 관계도 균형 잡힐 것이다. 우리는 서로를 사랑하고 도와주고 악한 것을 이기며 살아야 한다. 사는 동안 영혼의 성소를 아름다움을 가득 채워 우리로 인하여 세상이 살만한 곳이 되어야 한다.

우리는 결코 자신과 가족과 이웃에 대한 심판자가 아니다. 심판하는 사람 옆에서 견뎌낼 사람은 없다. 사랑하면 이해하고, 약함을 끌어안고, 함부로 판단하지 않는다. 무례하게 짓밟힌 마음은 상대를 배척하고 결국엔 멀어진다. 사람에 대하여 자만한 태도는 상대에게 다가갈 기회를 박탈해 관계를 단절시킨다. 우주 만물을 포용하는 사랑은 모든 피조물을 치유하여 본연의 모습으로 회복시키는 부작용 없는 치료제다.

사랑의 무게

사랑한다고 다 표현하지 않고, 마땅찮다고 다 말하지 않고, 말과 행동에 무게를 더한다. 사람을 만나면 먼저 좋은 면을 본다. 좋아 보이고 멋져 보이면 표현해야 마땅한 말을 아끼지 않았다. 그러나 얼마간의 시간이 지나면 좋게만 봤던 시선에 균열이 생겼다. 어떤 사람과는 무정란을 애써 품은 것 같이 관계가 허망하게 끝날 때도 있었다. 처음 마음이 변했고 관계가 변질된 것이다. 칭찬을 아끼지 않았던 사이도 서먹한 관계가 된다. 그간 했던 행동들, 사람을 좋게만 보는 것은 어리석은 것일까. 타고난 기질일까. 본 모습을 보면 감당하기에 버거워서일까. 관계에는 유효기간이 없으면 좋겠다.

나이를 먹는다는 것은 좋아도 다 좋다 말하지 않

고 사랑하는 마음에도 무게를 더해 고이 간직하는 것이다. 애틋한 마음 다 표현하지 않고 잠잠하게 두어도, 하고 싶은 한마디 말 삼켜 침묵해도, 밀도 높은 사랑은 그대로 마음에 닿는다. 여문 사랑은 변하지 않고 그림자를 드리운 사랑도 진정한 사랑인 것이다. 가지 끝의 위태한 사랑, 그 가벼움을 벗고 무게를 더한다. 누구를 만나든 사람을 향한 따스한 마음은 변치 않으니 사랑에 진중함이라는 무게를 더한다. 헛것이 되지 않는 사랑, 그 사랑에 진중함이 더해지면 고전사랑이 된다.

세상의 모든 깊은 것들은
그들만의 적절한 무게를 지니고 있다.

당신은 스스로 존재하는 그림자 없는 빛이며 존재하는 것들의 고유한 빛이다. 흔들리는 것들을 영원한 사랑에 닻을 내리게 하는 무한에 속한 '회전하는 그림자도 없는 빛'이다. 당신은 창조한 사람과 우주 만물을 보전하고 돌보아 지탱시키는 근원이다.

그는 유한에 속한 그림자 짙은 빛이다. 당신이 아픈 세상에 보낸 사랑과 자유와 꿈을 전달하는 편지다. 지상에서의 삶으로 편지를 써 하늘과 땅을 잇는 다리다. 그는 작지만 분명한 당신의 빛이다. 삶으로 노래하는 당신의 노래다. 무한한 사랑에 안겨 고통을 통과하며 증류된 맑은 영혼이다. 하루를 살며 틈입하여 뒤섞이려는 혼탁함을 경계하여 영혼을 지키는 사랑의 편지다.

생이 다하면 끝끝내 사랑했고 바라보았고 소망했던 당신에게 도착할 지상에서 올려지는 편지다.

심성이 고운 사람

사랑하는 이의 한마디 말을 마음으로 듣는 심성이 고운 사람이 있다. 그는 깊은 마음에 고이 간직하고 있던 말을 실행에 옮기는 믿음직한 사람이다. 던져진 말이 지나간 시간 속으로 흩어졌나 싶었는데 뜻밖의 선물로 되돌아왔다. 마음속 깊이 뭉클하여 눈물이 고였다. 그에게 사랑받은 기쁨에 쉬이 잠들지 못할 것 같은 밤이다. 어둠을 밝혀 날이 밝아올 때까지 그 사랑을 영혼에 간직하며 글을 쓰고 싶다. 자꾸만 솟아나는 기쁨과 감사의 눈물이 잠잠해질 때까지 선물로 받은 노트북에 첫 글을 쓴다. 순간에 존재하고 흩어진 줄만 알았던 무심코 던진 말. 그 말이 탐스러운 열매로 맺혀지던 날. 그날의 감격을 기억하며 늦은 밤 마음을 기록한다. 영원히 간직하고 싶어서.

영원히 간직하고 싶은 선물은 필요한 때에 맞춰 최상의 것으로 주어진다. 사랑하는 마음을 담아 따스한 눈빛과 친절한 몸짓으로 곁으로 온다. 지나간 시간의 어느 하루 마음에 들어온 말이 그의 가슴에서 무르익어 기쁨의 선물로 전해진다.

선물을 받고는 선하고 유익한 일을 위해 노트북을 사용하기를 원하시는 주님의 마음이 느껴졌다. 꼭 필요했던 선물을 적절한 때에 주시면서 격려해 주시는 주님의 사랑이 느껴졌다. 영혼 깊은 곳에서 솟아나는 마르지 않는 열정으로 주님이 기뻐하시는 길을 간다.

안부를 묻는 사람들

시간이 풀어지는 시간에 문득문득 생각나는 사람. 이따금 북적이는 모임이 있을 때면 그의 얼굴을 찾는다. 많은 사람들 사이에서 잠시 얼굴을 마주 본다. 겉핥기식의 표면적인 몇 마디 말을 나눈다. 생각한 시간에 비하면 짧은 대화다. 어쩌다 만나고 헤어져도 친밀하게 안부를 묻지 않는 사람들. 우리는 대화가 그쳐 버린 그저 아는 사람들로 변해간다. 안부를 묻지 않는 것은 마음이 멀어져서일까 잘 지내고 있음을 믿기 때문일까.

일부러 시간을 내어 안부를 묻지 않아도 서로를 느낄 수 있는 사람들이 있다. 마음이 고요한지 몸은 건강한지 그 사람이 가는 방향이 여전히 같은지. 즉각적으로 말할 수 있지만 한숨 느리게 말하며 상대를 배려하여 말과 행동에 진중한 사람들이 있다. 굳이 말하지 않아도 그 모습 보이지 않아도 서로를 생각하는 사람들이 곁에 있어 기쁘다. 사랑으로 인품이 훈련된 사람들이 곁에 있어 행복하다.

고통이 그들의 영혼을 벼려 ——————
영원한 것에 삶을 걸고 ——————
진리를 위해 일생을 바치는 ——————
그들과 함께여서 평안하다. ——————

오월 햇살 같은 사랑이 나를 찾아와 아무 조건 없는 사랑을 퍼부어주었습니다. 나 그 사랑 안에서 다시 태어나 삶이 다할 때까지 오월 햇살처럼 사랑하며 살아갑니다. 홀로 방치되어 살아가던 유년, 상실의 슬픔에서 나는 회복되었습니다. 내 영혼의 오랜 상처에서 흐르던 눈물은 영영 멈췄습니다. 이제는 자신을 잃어버리고 혼돈 가운데서 울고 있는 사람들과 함께 우는 사람이 되었습니다. 언제까지나 그들 곁에서 오월 햇살 같은 사랑으로 살아갑니다.

오월 햇살이 향기롭고 따스하던 날 나 다시 태어나 넘치는 사랑 안에서 살아갑니다. 사랑은 내 존재의 모든 것입니다. 사랑하며 사는 삶은 최우선 해야 할 가장 고귀한 가치입니다. 사는 동안 사랑은 우리를 자유로운 삶으로 인도합니다. 지상에서 내 존재의 빛이 꺼지면 내가 사랑하는 주님이 두 팔 벌려 맞아줄 것입니다. 다음 세상의 문이 열려 그리로 들어갈 때는 오직 오월 햇살 같은 사랑만 기억해 주시길 소망합니다. 당신께서 심어주신 그 사랑으로 사랑할 수 있었음에 감사드립니다.

"우리가 사랑함은 하나님께서 먼저 우리를 사랑하셨음이라."

해지고 시원한 저녁 바람이 부는 광장에서 햇살 같은 그를 만났다. 우린 서로를 끌어안고 하늘에 들리도록 웃음 지었다. 미소 짓는 그의 두 볼을 꽃봉오리 감싸안듯 양손으로 감싸며 함박웃음을 지었다. 그도 따라서 작약꽃이 활짝 핀 것처럼 웃는다. 보편적인 것들에 쉼이 깃드는 시간에 우리는 서로에게 쉼으로 스며들었다. 햇살 같은 그 사람처럼 서로의 존재가 쉼이 되는 사람들이 있다. 그는 사랑과 섬김과 이해와 인내와 배려로 살아가는 사람이다.

우린 서로를 기뻐하며 낯선 곳에 소풍 나온 아이들처럼 즐거워했다. 사랑스러운 그는 팔짱 낀 내 손등에 입을 맞추고 나도 사랑스러운 그의 손등에 입을 맞췄다. 우리가 마주 보며 기뻐하는 순간 우리를 여기까지 인도해 주신 주님이 웃고 계셨다. 그의 기쁜 얼굴에서 우리가 사랑하는 주님의 얼굴이 겹쳐 보였다.

그는 아름다운 가치관을 가진 별과 같은 사람이다. 신의 형상을 닮은 그의 일상은 모범답안지 같다. 그와의 짧은 만남은 근심 없는 기쁨이 자유롭게 유영하는 시간이었다. 나의 모습 그대로 너의 모습 그대로 머물러도 되는, 배려와 웃음이 가득한 낯선 곳에서의 저녁 소풍이었다. 그는 지금 그가 있는 곳에서 자신의 모습 그대로 아름다운 사람이다. 낯선 도시에서 해가 져도 그가 있어 쓸쓸하지 않은 밤이다. 서둘러 돌아가지 않아도 되는 평안이 머무는 그런 저녁 소풍이었다. 그와의 만남은 『돌아올 곳이 되어주고 싶어』 책을 출간하고 받은 기쁨의 선물이었다. 그는 특별한 목적 없이 존재 자체로 만나고 싶은 사람이다.

점 하나 찍는 일이라도

처음 만난 사람과 눈 맞추며 반갑게 인사를 한다. 웃으며 나누는 인사가 그 사람의 마음에 점 하나 찍는 일이라도 좋겠다고 생각했다. 따스한 시간이 무수한 점들로 찍혀 그 점의 한순간들이 살아갈 힘이 되면 좋겠다. 진심으로 건네는 미소와 친절이 점 하나 찍는 일이라면 무수한 순간들이 모여 불안이 안식으로 바뀌면 좋겠다. 서로에게로 흘러든 친절함이 오랜 시간 짓눌린 마음 한 자락을 들어 올릴 힘이 되면 좋겠다. 전해진 진심이 순간 마음을 일으켜 희망으로 살아난다면 세상이 아직 따스하고 살만하다고 생각했으면 좋겠다. 딱 한 번 다정한 인사를 나눈 사람이라도 그가 평안하여 불면이 단잠으로 바뀌면 좋겠다. 오늘이 물러가기 전에 글을 쓰는 일이 뭇사람의 가슴에 점 하나 찍는 일이라도 기쁘게 점 하나 찍으면 좋겠다. 작고 엷은 글 빛이라도 금황색이 도는 방황의 길을 멈추지 않고 비추면 좋겠다.

무수한 날 동안 만나는 사람들의 가슴에 ———
희망의 점 하나 찍으면 좋겠다. ———
아무 조건 없이 사랑하는 마음으로. ———

존재 자체로 사랑하기

어떤 사람이 목적을 상실했든, 가던 길에서 방향이 어긋났든, 비껴가고 변해서 비틀거리든, 그가 하는 일이 기준에 맞지 않아도 규정짓는 권한은 경이로운 삶을 주신 그분의 몫이다. 그런 사람을 존재 자체로 사랑하는 것만 우리의 몫이다. 있는 모습 그대로 인정하고 사랑하기는 우리가 평생 추구해야 하는 가장 고귀한 가치다.

한 사람의 귀함을 알고 끝끝내 사랑하는 일은 결국은 나를 사랑하는 일이다. 사랑 함으로서 서로가 치유되고 완성되는 일이다. 일생 다하도록 자신을 사랑하고 서로를 사랑하는 일은 평생을 두고 실천해야 하는 가장 고귀한 가치다.

우리는 창조주 하나님의 사랑에 연결되어 사랑받고 사랑하면서 살아야 한다. 존재에 대한 방황은 가장 아프면서도 공허하다. 존재에 대한 방황이 멈추면 내가 누구인지 정체성이 명확해지고 삶의 목적도 분명해진다. 자기 자리를 찾는다. 마음이 여유가 생겨 무엇을 위해서 살아야 하는지 알게 된다. 자신이 지금 이 세상에 존재하는 이유를 안다. 곁에 있는 사람과 같은 시대를 살아가는 사람들의 소중함도 안다. 보이는 것들과 보이지 않는 것들이 존재하는 이유와 목적을 저절로 알게 된다. 자신이 존재하는 이유를 알면 그때부터 흔들리지 않는다. 앞으로 가야 할 새로운 길도 보인다. 존재 자체로서의 자신을 사랑하고 만나는 사람들도 그와 같이 사랑하게 된다.

나 지금 여기에 머뭅니다. 사랑과 자유 안에서 일상을 향유합니다. 사랑하는 마음과 고통스러운 마음, 고독한 마음도 모두 내 마음입니다. 나와 관계된 것들을 사랑하는 하루가 유영하듯 흘러갑니다.

나 지금 여기에 나로 살아갑니다. 나를 찾아 나로 살아가는 삶은 한없이 행복합니다. 진정한 사랑과 자유와 평안이 진정 나의 것이 되었습니다. 묶이고 매였던 것들이 하나둘 풀어져 나 지금 자유로 충만합니다.

니코스 카잔차키스는 "신이 준 참된 자유는 세상 그 무엇에도 매이지 않고 자신의 영혼으로 우뚝 서는 것이라고." 말했습니다. 나 이제야 자유로운 삶을 살아갑니다.

청춘은 날카롭고 차갑게 여린 한 시절에 날이 서 있다. 사랑을 퍼부어도 차가운 태도. 사랑은 끝이 보이지 않는 밑바닥으로 자꾸만 내려간다. 싸늘한 눈빛에 체하고 표정에 체하면 영혼이 먹먹하다. 나이로 명명되는 청춘의 내면은 부조화하고 덜컹거리고 얽히고설킨 것들의 무질서함 같다. 산책은 청춘의 발랄함을 되돌림 같다. 하루를 절반쯤 살았을 때 느슨해져 가라앉는 마음을 끌어 올리려고 산책을 한다. 매일 태어나 잠들지 않는 두려움을 숲에 두고 가뿐하게 오후를 맞는다.

청춘은 농축된 생명이다. 심각하고 불안한 시절이 아니다. 오후 숲을 지나온 바람이 굴복하지 않는 청춘에 불어온다. 숨통을 열어주고 길을 보여준다. 분간할 수 없었던 것을 알아차린다. 어려움은 순간이요 영원히 날카로운 시절이 아니다. 날카로움에 매일 찢겨도 저녁이 오면 다시 봉합된다. 알 수 없어도 앞으로 나가야 했다. 그냥 말없이 서로의 곁에 머물러 쉬었다. 날카롭고 차갑게 날 선 마음은 어느새 말랑해졌다. 대단치 않은 무수한 일상을 함께하며 보았다. 청춘이었을 때 품었던 꿈이 무르익어감을 보았다.

다시 돌아오고

사랑이 멈춘 자리에서 다시 사랑이 시작되고 노래가 멈춘 그곳에서 다시 노래한다. 사람들이 떠났던 자리로 다시 돌아오고 서로의 삶이 한데 어우러져 긴 인생 여행이 즐겁다. 꽃 진자리에 응축된 사계절의 희망이 움 돋고 갓 태어난 새 꽃이 경이로움을 일깨우며 처음 꽃잎을 펼친다. 일상이 위태하던 시절을 건너 다시 돌아온 사람들이 일어서고 마음 둘 곳 없는 날의 바람 같은 마음도 다시 힘을 낸다. 무심했던 관계는 한 사람의 마음이 윤택해져 다시 이어지고 닫혔던 마음들이 스스로 깊은 어둠을 열고 나와 다시 눈과 눈을 맞춘다.

물이 오른 대지와 풀의 경계가 제 빛깔로 선명하게 짙어지는 계절, 볕이 들지 않는 메마른 가슴에 치유의 단비가 내린다. 약간의 온기를 품은 창백한 아침 햇살 같은 사람이 고립되었던 시간을 끝내고 다시 역동적인 삶으로 돌아온다. 오후 햇살이 마른 풀색을 닮은 노년의 굴곡을 훑고 지나 아침햇살로 돌아온다. 일생을 동행한 동반자와 균형이 맞지 않는 걸음으로 산책을 마치고 안식이 있는 곳으로 돌아온다. 고음의 단조로운 새소리가 공기 중으로 흩어졌다 다시 돌아와 반복된다. 사락거리는 나뭇잎과 굵고 성긴 가지를 오가던 새들은 하늘로 날아올랐다 앉았던 자리로 다시 돌아온다.

확신

솜사탕같이 달콤하고 부드러운 목소리가 들려온 저녁. 그 목소리는 봄날 정원에 핀 꽃들의 부드러운 속삭임 같았다. 평범한 일상 같았던 저녁의 그 확신은 숱한 시간 홀로 흔들렸던 시간에 마침표를 찍었다. 그날의 확신은 앞으로 가야 할 길이 선명하게 드러나는 시간이었다. 사랑의 속삭임이 들려올 때마다 그를 따라갔다. 그러면 언제나 먹구름이 걷히고 맑고 푸른 초원이 나타났다. 한계가 없는 슬픔이 기쁨으로 전환되었다.

사랑의 음성은 가장 알맞은 방식으로 나를 이끌어 주었다. 편안한 옷을 입고, 하고 싶은 일을 하고, 가고 싶은 길로 가는 자유를 주었다. 묶이고 매인 것들이 풀어졌다.

특별한 것도 없었던 날이었다. 동화 속 꽃동산에서 들려오는 것 같은 목소리는 꼬리에 꼬리를 물던 생각을 정리시켰다. 깨어져 조각난 것 같았던 9년의 세월이 하나로 합쳐졌다. 그 후로 사명과 일상이 긴밀해졌다. 영혼의 목마름이 해갈되었고 안정되었다. 기본정서가 불안으로 형성된 사람에게 안정감은 곧 확신이다. 9년의 갈등이 강한 확신이 되었다. 이제는 나와 관계된 대부분의 것들이 제자리를 잡았다.

피의 진한 붉은 색은 어둠에 덮여도 그 색을 잃어버리지 않는다. 아침이 오면 반드시 생동감 넘치는 강렬하고 깊은 붉은색으로 부활한다. 뜻을 정하고 가는 길이 뿌리를 내리지 못한 것 같았어도 반드시 제 길을 찾는다. 있어야 할 곳에 굳건하게 자리를 잡는 시간이 반드시 온다. 사랑과 빛은 성실함으로 매일 찾아와 좋은 것은 더 좋게 나쁜 것들은 힘을 잃게 만든다. 앞으로의 삶도 생동감이 넘치리라 확신한다. 지나온 시간을 되돌아보면 우리는 분명히 알 수 있다.

모든 일을 우리 스스로 결정한 것 같으나 어느 한 순간도 선한 능력이 개입하지 않은 순간이 없다는 것을.

4장

가치 있는 삶의 순간들

우리는 고통의 보편성과 절대성을
인생 전반에 걸쳐 경험한다.
삶의 희로애락을 경험한 후에도 우리는 여전히
가치 있고, 의미 있고, 아름다운 삶을 찬미한다.

깨질 것이 깨지지 않고 부서질 것이 부서지지 않고 혼자일 것이 둘이다. 죽어 생명에서 끊어질 것이 오히려 생명의 중심으로 들어간다. 질병으로 자리에 누울 것이 더 강해져 몸을 추스른다. 사랑을 알지도 못하는 것이 눈먼 사랑을 하고 부모라는 끈이 떨어진 것이 끈 떨어진 아이의 부모 역할을 한다. 결혼을 못할 것 같았던 것이 결혼의 기쁨을 누리며 살고 롤러코스터를 탄 것처럼 굴곡이 많았던 것이 안정되어 살아간다. 불안한 것이 평안을 누리고 불면증에 묶였던 것이 단잠을 잔다. 결핍했던 것이 부족한 것 없고 누구인지 몰랐던 것이 이제는 명확히 안다.

어디로 갈지 몰라 방황하던 것이 제자리를 찾고 자기가 누구인지 모르던 것이 자신에게로 돌아온다.

사랑받지 못하던 것이 사랑받고 말이 많던 것이 침묵의 고요 속으로 침잠한다. 잠들면 눈뜨지 않기를 바라던 것이 오래 살고 싶어지고 가난했던 것이 나누더니 더 많이 나누며 산다. 슬픔을 지고 가던 것이 기뻐 춤추고 억눌렸던 것이 무엇에도 매이지 않는 자유가 된다. 삶의 고비를 넘어가게 도와준 셀 수 없는 순간들의 사랑의 총합이 그를 살게 한다. 지금 그대로의 자신과 둘러싼 환경을 긍정하며 부족함 없는 삶을 살게 한다.

살다 보면 갖은 고난이 ———

거꾸로 회전하여 영광으로 역전된다. ———

내밀한 고통도 밀도가 높아 한계를 넘어가면 날숨에 섞여 세상 밖으로 나온다. 고통은 사람을 가리지 않고 찾아온다. 각 사람에게 상주하는 고통은 분명한 목적이 있다. 고통에 의연한 사람도 때때로 홀로 목놓아 운다. 그 의연함이 내면화되기까지는 숱한 고뇌의 밤을 보냈을 것이다. 임의로 불어오는 바람의 세기와 방향을 예측할 수 없어 불어오는 바람의 흔들림을 견디는 법을 배웠을 것이다.

살다 보면 문득 유독 자신만 힘든 것 같이 느껴지는 시기가 있다. 이런 때에는 고통의 보편성에 대하여 생각한다. 삶은 특정한 사람에게만 특별히 호의적이지 않다. 살아있는 사람이면 어떤 사람도 고통에서 면제되지 않는다. 삶은 누구에게나 힘들고 어렵다. 자신으로 힘써 살아가는 사람은 더더욱 힘들다. 누구나 살아온 세월만큼의 정도가 다른 고통의 무게가 있다. 사는 동안 이 사실만 이해하고 받아들여도 고통 앞에서 마음이 훨씬 가볍다.

살아있는 사람은 누구나 고통과 함께 살아간다. 이런 고통의 보편성을 이해하면 어떤 어려움에도 살아갈 용기기 생긴다. 혼자만 당하는 고통이 아니다. 어떤 사람에게나 오랜 시간 해결되지 않는 주관적인 고통과 객관적인 고통이 있다. 고통이 길어지면 삶이 수동적으로 변하여 견디기에 급급하다. 그럼에도 우리는 고통과 더불어 능동적으로 살아가는 법을 배운다. 우리는 고통의 보편성과 절대성을 인생 전반에 걸쳐 경험한다. 삶의 희로애락을 경험한 후에도 우리는 여전히 가치 있고, 의미 있고, 아름다운 삶을 찬미한다.

우리는 깨어진 채로 무결하다. 그러나 실상은 무결하지 못하다. 신성 안에서 완전하다고 인정해 주셨기 때문에 완전한 것이다. 우리의 삶은 완벽함과는 거리가 한참 멀다. 완벽함은 무생물에나 해당하는 단어다. 지나온 삶에서 떨어진 무수한 허물이 영혼을 혼탁하게 한다. 계속되는 자책과 후회와 수치와 결핍은 인생에 그림자를 드리운다.

내 모든 문제보다 더 큰 절대자는 숨겨지고, 거부되고, 무너지고, 부서지는, 시간을 허락하신다. 그 시간에 강해져 보이는 것들과 보이지 않는 것들의 어떠한 영향에도 흔들리지 않는 한 사람으로 온전하게 세우신다. 나를 살리시고, 고치시고, 힘주시고, 깨진 곳을 이어 붙여 독특하고 아름다운 예술품으로 만드신다. 시간이 지날수록 나만이 지닌 고유한 색의 깊이를 더하신다. "잠깐 나타났다 사라지는 안개 같고" 곧 시들어버리는 풀과 같은 우리를 그분은 걸작품으로 빚어가신다.

물망초 꽃잎이 짙고 푸른 바다색으로 변하는 계절, 동산에 머물던 새벽빛이 떠나자 햇살이 내려왔습니다. 햇살 주위로 바람과 이슬과 비가 모여들었습니다. 바람이 햇살에 다가와 말했습니다. “햇살아 꽃동산에 9년째 꽃을 피우지 못하는 꽃이 있다던데 너는 그 꽃을 알고 있어?” “그럼, 알고 있지.” 햇살이 말했습니다. “나는 한시도 그에게서 눈을 떼지 않았어. 그가 스스로 치유되기를 기다렸어.” 햇살은 아픈 꽃이 스스로 치유되기를 기다렸던 것입니다. 햇살과 바람은 오랜 시간 함께한 꽃을 도와주고 싶었습니다. 9년 동안 꽃을 보지 못한 것은 모두에게 슬픔이었습니다. 꽃동산에서 함께 사는 꽃들도 아픈 나무가 안타까웠습니다. 정원에 함께 사는 친구들은 아픈 나무를 도와주기 위해서 각자 무엇을 해야 할지 생각했습니다. 바람이 먼저 말했습니다. "우리가 아픈 나무를 치료하기 위해서 각자 할 수 있는 일을 찾아보자." 그러자 동산의 꽃들은 자신이 누군가를 도와줄 수 있다는 것이 기뻤습니다.

땅속에서 갓 식사를 마친 지렁이도 아픈 나무의 이야기를 들었습니다. "그렇다면 나도 나무가 건강해지도록 힘껏 도울 거야." 지렁이는 자기가 아픈 나무를 도와줄 수 있는 것이 뛸 듯이 기뻤습니다. 지렁이는 나무를 살리기 위해서 즉시 행동으로 옮겼습니다. 땅속에서 수영하듯이 제 몸으로 흙을 갈아엎었습니다. 아픈 나무의 뿌리 사이사이에 신선한 공기가 들어가서 흙이 부드럽게 변했습니다. 지렁이는 나무가 꽃을 피울 수 있게 유기물로 영양분을 공급하여 땅을 기름지게 만들었습니다. 그리고 자신에게 있는 좋은 것을 나누어주며 말했습니다. "너는 나을 것이고 이제 다시는 아프지 않을 거야. 다시 아프게 되더라도 걱정하지 마. 우리가 돌봐줄 거니까." 지렁이는 따뜻한 말로 꽃을 위로하며 용기를 주었습니다. 스스로 치유된 나무가 세상에서 가장 예쁜 꽃을 피울 날을 손꼽아 기다렸습니다.

새싹을 밀어 올리느라 모두가 바쁜 봄날의 꽃동산에 연둣빛 봄비가 내렸습니다. "나도 도울 방법을 찾아볼 게 비가 말했습니다. 이슬로만은 나무가 건강하게 자랄 수 없으니 영양가가 듬뿍 들어있는 봄비로 잠자는 뿌리를 깨워볼게. 영양분을 받아먹고 스스로 치유할 수 있게." 아픈 나무가 건강해지는 데는 모두의 역할이 필요했습니다. 지렁이와 이슬과 비와 햇살과 바람의 역할이 모두 중요했습니다.

햇살은 아픈 나무를 치료할 수 있는 치료의 광선을 가지고 있었습니다. 모두가 아픈 나무를 치료하기 위해 힘을 합쳐 도왔습니다. 이제 햇살은 치료의 광선을 집중적으로 아픈 나무에 쏘여주면 되었습니다. 햇살은 사랑의 말로 나무를 위로했습니다. 나무는 눈물을 흘렸습니다. 눈물에 그간의 슬픔이 모두 씻기는듯 했습니다. "내가 너를 사랑해 네가 낫는 게 내 소원이야. 내게 있는 치료의 광선을 너에게 비춰줄게. 그러면 너는 건강해져서 꽃을 피우게 될 거야." 햇살의 말이 끝나자 바람이 병들어 오그라든 나뭇잎 위로 지나갔습니다. 바람이 잎 사이로 불어 벌레들을 모두 떨어뜨렸습니다. 오그라들고 뒤틀려 앙상하게 뼈대만 남은 잎은 마치 그물 같았습니다. 나뭇잎 사이를 지나온 바람이 나무에게 말했습니다. "너를 갉아 먹던 나쁜 벌레들을 내가 모두 떨어뜨렸으니 이제부터 너는 건강하게 살면 돼." 9년째 아팠던 나무는 치유되어 마침내 진줏빛이 감도는 어린아이 얼굴만 한 탐스러운 꽃을 피웠습니다. 9년 동안 꽃을 기다린 보람이 있었습니다. 다시 태어난 일곱 송이는 나팔을 불며 모두 기뻐하는 축제가 시작되었음을 알렸습니다. 정원지기는 기뻐 춤추며 꽃을 품에 안아주었습니다. 서로가 서로를 끌어안고 함께 기뻐하였습니다. 아픈 나무를 끝내 포기할 수 없었던 사랑이 만들어낸 기적이었습니다.

정원의 터줏대감이자 번식왕 벨가못은 이 치유의 과정을 모두 지켜보았습니다. 모두가 행복한 축제에 벨가못은 폭죽이 터지듯이 피어난 불꽃으로 축제를 장식했습니다. 붉은 꽃잎과 초록 잎 전체에서는 우아한 향기가 풍겼습니다. 꽃동산은 어느새 향기로운 동산이 되었습니다. 담장 아래는 온 세상을 향기로 채울 만큼 향기가 진한 오린엔탈계 잠베시 백합이 살고 있습니다. 순백의 잠베시도 아팠던 꽃이 건강해진 것이 무척 기뻤습니다. 잠베시는 자신이 순백의 꽃을 피워 동산을 향기로 가득 채울 때마다 아픈 나무 생각에 마음이 아려왔습니다. 잠베시 백합도 자신의 꽃을 축제 장식을 위해 바쳤습니다.

나무가 아픈지 몇 년이 지났을 때, 매년 봄이 오면 그만 나무를 파내자는 말이 들려왔습니다. 땅만 차지하고 있는 나무를 그만 포기하고 파내버리자는 것이었습니다. 잠베시 백합은 해마다 봄이 되면 나무를 파내자는 말을 들었습니다. 그러나 그가 나서서 해줄 수 있는 것은 아무것도 없었습니다. 그럴 때마다 옆에서 한해만 더 기다려주자고 말하는 소리도 들렸습니다. 이번에 한 번만 더 기회를 주자는 정원지기의 따스한 목소리였습니다. 잠베시는 아픈 나무를 위해서 할 수 있는 게 없어서 기도했습니다. 아픈 나무를 치료해 달라고 두 손을 모았습니다. 그러나 과연 나을 수 있을지 확신이 서지 않았습니다. 기도할 때마다 계란으로 바위를 깨뜨리려는 시도같이 느껴지기도 했습니다. 그런데 기도가 응답 되어 희망이 없었던 아픈 나무가 다시 건강해진 것입니다. 그리고 마침내 탐스러운 꽃 일곱 송이를 피운 것이었습니다.

기쁜 소식을 들은 연분홍빛 팝콘 베고니아와 장미꽃을 닮은 복숭아 색 겹 임파챈스도 평소보다 꽃 망을 더 많이 터트렸습니다. 모두의 사랑은 그간 아팠던 수국의 고통을 잊게 해주었습니다. 이 기적은 정원의 여왕이자 꽃들의 엄마, 마크로필라 종류의 진분홍 수국이 동그란 얼굴이 될 때쯤 일어났습니다. 동산의 꽃들은 모두 자기가 치료받은 것처럼 기뻐하며 축하해 주었습니다. 꽃들의 고운 마음씨에 감격한 하늘에서는 모두를 위해서 보드라운 축복의 단비를 내려주었습니다. 꽃 하나하나를 어루만지며 그들 모두에게 촉촉이 내렸습니다. 꽃동산에서는 어떠한 어려움이 생겨도 서로를 돕는다면 해결하지 못할 일이 없습니다.

그가 앉았던 자리 꺼내진 채로 덩그러니 놓인 의자, 공기 중으로 흩어지는 체온, 구겨져 미끄러져 내려온 방석, 마신 커피잔과 쓰던 휴지, 먹고 남겨진 그릇들, 그가 일터로 떠나면 허공에서 흔들리는 그리움이 먼저 공간을 채우고 영혼까지 휘몰아친다. 살아있어 아름다운 날. 사용한 물건들을 다시 쓰기 위해 하나하나 제자리에 정리한다. 그러나 풀려난 그리움은 홀로 정리되지 못한다. 그가 곁에 없으면 마음은 갈 곳을 잃는다. 앓는 마음을 다독이려 동산을 거닌다. 한정적인 공간에 갇힌 그리움은 사람이 모두 빠져나간 빈집 같은 가슴에 소리 없이 내려앉는다.

죽음을 같이 넘지 못한, 내 것과 네 것의 그리움의 무게가 상실의 슬픔이 모두 내 것처럼 영혼에 밀려든다. 그를 배웅하고 돌아오는 길, 그를 향한 그리움이 다시 볼 수 없는 사람들에 대한 그리움으로 연결된다. 산 자와 죽은 자의 급작스러운 상실의 고통이 무겁게 짓누른다. 슬퍼도 아직은 힘써 살아야 하는 상실을 안고 사는 사람들. 피로 연결된 사람들의 응축된 고통이 내게로 해일처럼 밀려온다. 맑고 차가운 아침, 잠시 헤어져도 이렇게 마음 둘 곳 없는데 다시는 만날 수 없는 사람들은 얼마나 슬플까. 일상에 혼재한 슬픔의 표면을 조금 만져본다. 사랑하는 이의 온기를 빼앗아 간 거대한 슬픔을 느낀다. 식어버린 몸, 그의 마지막을 대면할 때 나를 형성한 모든 것이 녹아내려 형체 없이 흩어질 것 같았다. 상실의 고통을 눈물로 흘려보낸다. 내 것과 네 것의 검푸른 슬픔이 영혼에 넘실거린다.

다시는 안을 수 없고, 서로의 소리로 닿을 수 없고, 어떤 말로도 위로할 수 없고, 다른 무엇으로 대체될 수 없다. 차가운 금속 표면에서 날카롭게 번쩍이는 거대한 슬픔을 만진다. 아무도 대신 겪을 수 없는 죽음. 위로할 수 없는 슬픔이 어둠인 채로 물러가지 않고 밤이 깊도록 이어진다. 밝아오려면 아직 먼 새벽녘의 창백한 빛을 대신해 고독이 먼저 공간을 장악한다. 겪어 보지 않고는 상실의 깊은 심연에 닿을 수 없고 위로할 수도 없다. 그들처럼 애통할 수 없고 표면을 적시는 눈물만 무력하게 흘릴 뿐이다.

슬픔은 무용하거나 덧없거나 공허하지 않다. 존재를 영영 잃어버린 먹먹한 슬픔 가운데서도 숨을 쉴 수 있기를, 슬픔이 엷어져 남은 삶을 이어 나가기를, 그가 없는 세상에서도 부디 지낼만하기를, 다시 만날 수 있는 열린 그리움으로 멈춰버린 닫힌 그리움을 끌어안는다.

회복 불가능해 보인다고 자기 자신을 버리는 사람, 용도가 다하지 않았는데 버려지는 물건, 진흙 속에 묻혀있는 보석, 베어 넘어진 나무, 더러운 그릇, 이것들의 현재 모습이 그들의 전부가 아니다. 버려진 물건이 다른 사람의 손에서 어떻게 쓰일지, 진흙 속의 보석이 언제 발견되어 자기만의 빛으로 빛날지, 베어 넘어진 그루터기에서 얼마나 많은 생명이 움 돋을지, 더러운 그릇이 깨끗이 씻겨 어떤 진귀한 것이 담길지 버려지고 실패했다고 끝난 인생이 아니다.

사람을 제외한 우주 만물은 창조의 질서 안에서 존재한다. 상황과 환경이 어떻게 변하든지 지어진 목적대로 존재한다. 만물은 가지고 태어난 질서와 성실함으로 순환한다. 제자리를 지키고 그 자리에서 끝을 맞이하고 새로운 시작을 반복한다. 어떤 일이 잘되지 않았어도 남아 있는 날을 살아간다. 어떻게 쓰일지 더 살아봐야 아는 것이다. 우리의 인생이 꺾이고, 어둠 속에 묻히고, 전부가 잘려 나가도 아직 할 일이 있어 존재하고 있는 것이다. 어느 유용한 곳에 쓰일지 더 살아봐야 안다. 존재하는 모든 것은 생명이 끝난 곳에서 다시 형태가 다른 생명이 된다. 잘린 나무에서 새순이 돋듯이 살아있으면 반드시 다시 일어나고 살고 자란다. 밑동이 잘린 나무 주위로 새순이 힘차게 자라 그 무성함으로 수치를 가려주듯이 다시 살게 된다. 삶이 끝난 것 같아도 우리가 다시 일어나 모진 시간을 살아가면 잘했다고 생각하는 시간이 반드시 온다.

베어 넘겨져 생명이 끝난 것 같았던 나무도

새순을 올려 두 번째 삶을 살 듯이

우리도 그렇게 살면 된다.

당신이 희망이라면 흑암이 죽음이 아니라는 것을 안다. 희망은 그 목적을 다하기 위해서는 먼저 길을 잃어야 한다. 앞이 보이지 않고 어디로 가야 할지 모르는 길을 더듬거리며 걸어야 한다. 길을 잃은 그 시간의 방황과 고독이 진정한 희망이 된다. 차마 견디기 힘든 모호하고 모진 시간의 단련은 당신을 희망으로 만든다. 위태한 삶을 매일 바로 세워 붙잡고 견뎌낸 당신은 이웃에게 희망이다.

전 존재가 뿌리째 흔들려보지 않고는 진정한 희망이 될 수 없다. 생명을 품은 희망은 죽음과 생명 사이를 오간다. 삶에서 죽음 같은 순간이 계속되어도 살아날 것이니 괜찮다. 삶의 연속에 죽음은 사는 동안 반복될 것이나 희망이 있어 괜찮다.

당신은 살든지 죽든지 작지만 분명한 빛, 희망이다. 희망은 무기력의 부활이다. 아무것도 보이지 않는 어둠 속에서도 희망이 있으면 본다. 앞으로 나아간다. 당신이 사는 세상, 늘 그 발밑에 있었던 땅을 딛고 일어선다. 옹글고 단단한 사람이 된다.

포기하지 않고 삶을 밀고 나간다. ———
당신은 자신에게나 이웃에게나 희망이다. ———

연노랑 빛 햇살이 강렬한 빛이 될 때쯤 아이의 손을 잡고 야트막한 언덕에 올랐다. 저학년 아이와 나는 친구다. 아이와 같이 있으면 나도 동심으로 돌아가 아이가 된다. 예술성이 뛰어나고 외로움을 많이 타는 아이는 나와 같이 있는 것을 좋아한다. 오전과 오후를 가르는 경계의 시간에 집을 나선 우리는 날이 저물도록 밖에서 놀았다. 야산의 좁은 산책로에 드리워진 여린 햇살이 얼굴에 머물 때 숲을 가로질러 내려온다. 그네가 하늘에 닿도록 작은 등을 밀어주고, 줄넘기 하는 법을 가르쳐주고, 붉은 장미꽃을 꺾어 귀에 꽂고, 활처럼 둥근 꽃 문 앞에서 사진을 찍었다. 순수하고 맑은 아이에게 숲은 자연학습장이다. 바위에 붙어있는 작은 달팽이를 아이는 호기심 어린 눈으로 관찰한다. 달팽이 몸이 마를까 봐 물도 뿌려주고 안테나 모양 촉수도 만져보고 달팽이가 기어간 물기 어린 흔적을 손가락으로 지우고 상추를 밥으로 준다.

놀이터에서 놀다 지루하면 모양이 각기 다른 돌멩이를 가지고 논다. 돌멩이의 모양과 질감을 손끝으로 만지며 각각의 생김새와 색감과 질감을 말한다. 작은 돌멩이 위에 얼굴을 그려주고 물 세수를 시킨다. 돌멩이를 물속에 넣으면 자신만의 고유한 색깔이 선명하게 드러난다. 물 밖에서는 특징이 없었던 돌멩이가 물속에서는 다른 빛깔이 되는 것이다. 조개껍데기도 물속에서는 더 영롱한 색으로 변했다. 저마다 다른 아름다운 빛깔과 촉감을 느끼며 아이는 행복하다. 보고, 듣고, 만지고, 느끼는 것에 민감한 아이는 예술가다.

아이와 자주 가는 공원에는 갈참나무가 살고 있다. 밑동이 굵고 거친 갑옷을 입은 갈참나무 아래는 돌멩이 가족이 산다. 아이는 가족 4명과 페르시아 종의 고고한 자태를 지닌 흰 고양이와 같이 산다. 아이는 나를 고양이 다음으로 여섯 번째 가족으로 넣어주었다. 마른 나뭇가지로 젖은 흙을 파서 바닥에 나뭇잎 이불 깔았다. 그 위에 아빠를 눕히고 옆에는 엄마와 언니 그다음에 자기를 순서대로 눕혔다. 그리고 그 옆에 고양이를 눕히고 마지막으로 나를 눕혀주었다. 해가 바뀌어 다시 가을이 왔다. 우린 밤을 주우며 놀다가 지난가을 나무 밑에 묻어둔 우리 둘만의 추억이 생각났다. 행복했던 시간이 그대로 그곳에 있는지 궁금했다. 흙 이불과 나뭇잎 이불을 차례대로 걷어내고 돌멩이 가족이 있는 곳을 파 보았다. 이번에는 각자의 개성을 살려 얼굴을 그리고 옷도 입혀주었다. 갈참나무 아래 추억을 다시 묻고 낙엽을 그러모아 덮어주었다.

타고난 아이의 모습 그대로를 사랑했다. 살구꽃을 귀에 꽂아주고 한 송이는 머리 위에 살포시 올려놓고 사진을 찍었다. 다시 오지 못할 그 순간의 순수함과 근심 없는 웃음이 사진 속에 고정되어 있었다. 아이는 세상에 보내진 천사다. 천상의 빛 안에서만 진정한 존재의 가치가 빛나는 아이다. 아이는 기억할까 우리가 사랑했던 시간을 지금은 볼 수 없지만 우리가 사랑했던 순간들이 행복한 추억으로 기억되었으면 좋겠다. 아이는 나의 마음속에서 언제나 가족이다.

은빛 햇살을 받으며 어떤 날은 떠나고 어떤 날은 돌아와 이어지는 삶. 축축한 시간의 반복이 존재의 심연을 적신다. 영원에 잇닿아 있는 매일의 일상. 시간이 거듭될수록 좀 더 깊고 좀 더 아린 배웅. 시선은 그의 뒷모습에 머물고 그리움은 가로막힌 차창을 뚫고 들어가 그에게 머문다. 그가 아직 떠나지 않았을 때 뒤돌아서지만 차마 그대로 돌아가지 못한다. 매번 일렁이는 마음이 잠잠해지기까지 밖에서 서성인다. 어떤 때는 낯선 장소로가 잡히지 않는 마음을 책으로 진정시킨다. 범람하는 그리움을 비워내려고 책을 집어 든다. 고독한 곳에서 일상의 손을 잡는다.

처음 만났을 때나 지금이나 서로를 향한 애틋함이 한결같고 마중 나오고 배웅하는 발걸음이 한결같다. 그는 지고 가야 할 인생의 무게를 감당해 보려 절대 긍정의 말로 환경을 추켜세운다. 울타리 노릇 하느라 고된 일을 놀이로 만들어 버틴다. 한 사람의 성실한 희생으로 모두가 산다. 햇빛은 제자리로 돌아가고 사람들은 집으로 돌아온다. 그는 늦은 저녁 총총한 별빛의 호위를 받으며 일터로 향한다. 통찰력을 가지고 태어난 그는 소박하고 책임감이 강하고 성실하다. 농도 짙은 목숨과 맞바꿀 각오로 뛰어든 그의 희생으로 삶이 부활하고 꿈이 생존한다. 인생의 어떠한 지난한 시간도 버릴 것이 없다.

당신과 나의 인생의 한복판에서 꽃이 지면 잎의 시간이 시작됩니다. 잠깐의 화사한 시간이 지나고 우리는 오래 푸르른 계절을 인내하며 살아갑니다. 푸르름도 사라지는 긴긴 겨울이 오면 이 모든 시절을 아우르는 희망이 우리를 찾아옵니다. 희망은 매일 우리가 볼 수 있는 빛의 모습으로 찾아옵니다. 어제와 오늘이 은빛 거미줄에 엮인 듯 어렵습니다. 만개했던 꽃의 마지막 흔적이 박제된 꽃봉오리가 되어 아직 그 자리에 있습니다. 이제 막 피어나는 꽃은 가장 어여쁜 모습으로 같은 공간에서 피어납니다. 매일 생성되고 매일 사라지는 것들은 우리의 인생에 흔적을 남깁니다. 우리는 살아있는 동안 다양한 변수를 겪습니다. 그럼에도 살아내야 하는 우리입니다. 어떤 시기의 인생은 비바람에 피지 못하고 꺾인 꽃과 같고 희망은 박제된 듯

무의미함만 연속되는 것 같은 때도 있습니다. 꽃의 계절은 잠깐이고 인내의 시간, 잎의 계절은 길게만 느껴집니다. 꽃의 계절도 잎의 계절도 우리에게 꼭 필요한 시간입니다.

거미가 매일 밥줄을 치면 꽃의 폐허를 불러오는 거미줄을 매일 걷어냅니다. 살아있는 것들과 소중한 것들이 폐허로 변해가면 안 되어서, 주인 없는 빈집같이 되면 안 되어서, 매일 생성되는 불순물을 걷어냅니다. 매일 거미줄을 걷어내는 일은 사랑하는 것들을 관심 갖고 돌보는 일입니다. 매일 빛이 고루 들도록 빛의 길을 열어주는 것입니다. 빛은 우리의 마음을 폐허로 만드는 것들을 걷어냅니다. 빛은 내 힘으로 결코 걷어낼 수 없는 모든 어려움을 멀리 갖다 치워버립니다. 우리가 거친 삶을 사는 동안 절망의 확산을 막아섭니다.

은빛 나뭇잎이 서로의 몸을 비벼 사르륵 소리를 들려주었다. 울창한 숲에서 주워 온 밤을 청설모에게 돌려주었다. 아침저녁으로 산책하는 숲의 굵은 소나무 밑, 사람들이 잘 볼 수 없는 곳에 노란 나뭇잎을 그러모아 덮어두었다. 산책하다 가끔 마주치는 청설모의 밥으로 준 것이다. 산책 나온 사람들이 청설모 몫의 식량을 주워가지 못하도록 숨겨두었다.

아침 햇살이 살랑거리는 풀 사이에 떨어진 산딸나무 열매를 비추었다. 여름부터 떨어지기 시작한 산딸나무 열매는 점점 잘 구워진 빵 색이 되어간다. 직박구리는 높고 청아한 목소리로 나뭇가지 사이를 수다스럽게 날아다닌다. 높은 나뭇가지 끝에 앉아 쥐어짜는 목소리로 떼창을 부른다. 붉게 익은 작은 열매는 새의 입속에서 톡톡 터지고 딸기를 닮아 붉고 고운 빛의 산딸나무 열매는 동백꽃처럼 통째로 떨어진다.

바람 한 점 불지 않는 밤이 오면 작은 소리도 들리지 않는 고요가 깃든다. 해 질 녘 노래하던 새들도 고요하다. 동산은 온통 갈참나무잎으로 덮였다. 동산에 밤바람이 부는 날이면 나뭇잎이 구르는 소리가 들린다. 어둠이 내린 숲은 가로등 불빛과 나뭇잎이 달리는 소리와 밤의 향기로 가득하다. 새들이 잠든 숲은 적막하다. 나뭇가지 사이로 바람이 불 때마다 감청색 하늘이 조각난다. 하루는 어둠 속으로 침잠한다. 표면의 어둠을 밝히는 가로등이 거친 비탈길을 비춘다. 밤에 홀로 빛나는 가로등의 온화한 불빛이 곱다. 보드라운 가로등 빛이 길가에 떨어진 갈잎 몇 개와 가시를 세운 체 의자에 앉은 밤송이의 텅 빈 속을 비춘다. 아침 숲과는 전혀 다른 밤의 숲. 새들은 모두 어디서 자고 있을까. 고음으로 작은 숲을 가로지르던 직박구리의 소리도 들리지 않는다. 윗날개의 어두운 회색 깃털과 밤색 포인트가 선명한 귀깃도 보이지 않는다. 어둠이 점령한 새들의 놀이터는 빈집 같다.

다시 아침이 오면 숲은 새들의 수다로 생동감이 넘친다. 타고난 소리로 목청을 높여 맑고 청아한 아침을 여는 새들이 문득 그리워지는 밤이다. 빨갛게 무르익은 열매를 따 먹던 새가 보고 싶다. 작은 숲에서 새들은 겨울이 되면 뭘 먹고 살까. 명랑한 새들의 수다와 작은 날갯짓이 보고 싶어 매일 동산에 오른다. 잎이 떨어진 겨울 숲은 새들의 날갯짓이 잘 보여서 좋다. 새들은 복잡한 가지 사이를 곡예 하듯이 날아다니면서도 가지에 부딪히지 않는다. 날쌔게 직선으로 날다 오르락내리락 리듬을 타며 곡선으로 날아다닌다.

창밖에서 직박구리가 친근한 소리로 나를 부르는 것 같다. 창문 앞에 걸어 놓은 진줏빛 자개 모빌에 바람이 스치면 새들의 고운 노래에 화답하듯 맑고 청아한 노래를 부른다. 오월에는 햇살과 바람, 하늘을 가르며 유영하는 새들, 기지개를 켜는 연둣빛 새싹, 붉은 적갈색 소나무 몸통의 음영, 만물을 소생시키는 빛의 노래가 들려온다. 찬연한 사계절 빛이 숲을 고루 비추면 숲은 지상천국이 된다. 숲은 그 시대 그 시절 그곳에서만 저절로 생기는 특별한 아름다움을 자아낸다.

모든 날과 지금 이 순간, 깊은 평안에 잠겨 무엇에도 매이지 않는 자유로 오늘을 산다. 무엇이 되지 못해도 하던 일을 묵묵히 할 수 있으니 좋다. 하는 일 어느 것도 헛되지 않으니 지금처럼 하던 대로 하면 돼서 안심이다. 한 방향으로 나아가는 올곧은 삶에 후회할 일이 적으니 안정된다. 들숨과 날숨이 반복되는 날에도 두려움과 불안에 압도되지 않으니 평안하다. 눈뜬 아침, 살아있는 그대로 아름다워서 사랑을 고백한다. 살아있어서 사랑할 기회와 기도할 기회가 있으니 기쁘다. 사랑하고 기도함으로 평범한 일상이 더 아름답고 특별해지고 새롭게 변화되니 기적이다.

삶의 중심에 뿌리를 깊이 내렸어도 그 한가운데에서 때로는 버겁다. 중심과 가장자리를 번갈아 오가

기도 한다. 결과가 만족스럽지 못해도 모든 과정이 다 소중하다. 자신으로 우뚝 서는 날, 타고난 아름다운 것들이 모두 깨어난다. 시들했던 것들도 다시 생기를 찾는다. 자신으로 살아가는 기쁨은 무엇에 비길 수 없다. 영원한 아름다움을 바라보며 사는 동안 기뻐함은 선물이다.

우리는 일생토록 온전한 빛이었다가 빛인 채로 어둠과 교차 되기를 반복한다. 바닥을 치고 어둠에서 빛으로 돌아오는 경험도 한다. 어둠이 빛이 되어가는 과정을 겪으며 마침내 자유에 이른다. 어둠도 마침내는 빛에 잠긴다. 더디 이루어지는 간절한 바람도 마음을 다했으니 괜찮다.

사랑, 그 모든 것을 아우르는
드넓은 세계에서 살고 있으니
아무것도 부족함이 없다.

한겨울 만개한 레드문의 꽃잎에 숨겨진 진줏빛이 햇살에 드러남이, 바람이 잔잔한 수면을 훑어 일으킨 옥빛의 일렁임이, 올리브 레시노 나뭇잎 사이로 내리던 햇살의 방향이 바뀌는 순간이, 사뿐히 모양을 바꿔 노니는 구름의 자유로움이, 한밤중을 지나 밝아오는 짙푸른 새벽이, 세상을 정화 시키는 청량한 공기의 흐름이, 단잠에서 깨어나 충만한 감수성으로 피어나는 아침, 사랑이어라.

새벽 앓이를 하던 창백한 외로움이 자발적 고독이 되어 창조로 이어지고, 누구인지 몰라서 어떻게 살아야 할지 몰랐던 공허했던 시절이, 눈물에 영혼을 띄워 마침내 자기에게로 돌아온 깊고 아름다운 시절이, 주저앉고 흔들리고 넘어지고 구부러지며 살아낸 시간이, 다시 일어나 굳센 의지로 세상에서 자기만의 길을 가는 모든 순간이 사랑이어라.

존재가 입증되어 태어나 사람, 삶을 지탱시키던 뿌리의 수고가 끝나고 근원으로 돌아가는 인생의 모든 여정이 사랑에 속하였어라. 일생 사랑 안에 머물렀어라.

우리는 서로에게 존재의 이유다. 우리는 희망없이 서로를 등지고 가로막힌 벽을 보며 살 수 없다. 겪어온 삶의 질곡이 우리를 단단하고 깊은 사람으로 만든다. 인생은 일상에서 특별함을 찾아 나만의 길을 가는 여정이다. 특별한 목적으로 여러 날 독대하느라 높아진 고독을 낮추기 위해 사람들 가까이 간다. 사람들과 같은 공간에 앉아 있는 것만으로도 위로가 된다. 서로 알지 못해도 각자 하루를 살고 있는 사람들 사이에 있으면 고독이 희석된다. 사람 사는 일, 특정한 범주를 벗어나지 않는다. 특별한 사람과의 목적 있는 만남도 좋지만 카페나 서점에서 글을 쓰고 책 읽는 시간도 좋다. 열린 마음이면 어느 곳에 있든 누구를 만나든 보이고 들리는 것들이 있다.

작은 친절에 웃음꽃이 핀다. 주문한 음료의 연한 갈색 거품 위에 라이언 얼굴이 웃고 있다. 그 얼굴을 보고 있자니 잔잔한 웃음이 멈추지 않는다. 커피를 마실 때마다 얼굴이 출렁거리며 입 가까이 다가온다. 잔이 기울어지면 얼굴이 타원형이 되었다가 잔을 내려놓으면 동그란 얼굴로 되돌아온다. 귀여운 라이언 얼굴이 입속으로 사라질까 봐 커피를 천천히 마신다. 우리는 사소한 일로 기쁘고 작은 친절과 미소로 흐뭇하다. 특별한 날이 아닌 소박한 삶의 한순간으로도 충분히 행복하다.

작은 관심이

사람 사이에 다리를 놓아

서로의 삶으로 건너가게 한다.

우리는 가진 것을 나눔으로 서로를 살게 하는 사람들이다. 오랜 시간 한곳에 고정되었던 생각이 오십에 이르러서 보편적인 것들로 옮겨졌다. 지하철에 마주 앉은 칠순 어르신의 인자한 미소가 아름다웠다. 저마다 간직한 인생의 스토리가 들리기 시작했다. 소박한 삶의 즐거움과 자유가 점점 커져만 갔다. 출근길 지하철 많은 인파 속에서 버티는 사람들, 노동으로 신성한 삶을 이어 나가는 사람들, 한여름 고단해 보이는 청년의 모습에 마음이 쓰였다. 앞에 앉은 청년이 딸기 요거트 스무디를 시켜 단숨에 마시고는 탁자에 엎드렸다. 자기 팔을 벤 자세로 고른 숨을 내쉬며 단잠을 잤다. 엎드린 청년의 뒷모습을 보며 읽던 책을 잠시 덮고 그를 위해 기도했다.

작고 사소하고 소박한 것들이 ————————
주는 기쁨이면 ————————————————
일생을 살아가기에 충분하다. ————————

내면의 시계는 멈춘 듯 느리게 흘러갔다. 수축과 느림, 검소한 삶에 익숙했다. 느린 시간에 조급함이 꺾였고 내려놓는 법을 배웠다. 수동적인 시간을 견디며 자발적으로 기울어졌던 선택과 태도에 균형이 잡혔다. 홀연히 삶의 무대가 바뀌었다. 이전 삶이 일장춘몽처럼 사라지고 다시 시작된 것은 아니다. 느리던 삶의 속도가 번뜩이며 돌아가는 세계로 옮겨진 것이다. 경험하지 못한 낯선 환경이 앞에 담벼락처럼 턱하니 나타났다. 많은 것이 바뀌었지만 그간 갈고 닦아온 살아내는 능력이 그를 붙잡아주었다. 원하는 대로 되지 않았고 유지하기에 버거웠던 시간을 지나왔기에 바뀐 환경에 무조건 적응해야 했다.

낯선 도시의 아침햇살에는 쓸쓸함이 포함되어 있

다. 삶에 지대한 영향을 미치는 급변한 환경. 이방인의 막막함에도 적응하며 견뎠다. 역동적인 낯섦에도 책임감으로 마음을 다잡았다. 삶은 그가 메는 가방의 무게처럼 언제나 무겁게만 느껴졌다. 그래도 그가 부여한 가치들이 중심을 잡아주었다. 위태한 것들이 연속해서 밀려와도 그는 언제나 살만했다. 그가 쓴 글대로 될 것 같아서 사람들을 살리고 희망을 주는 글을 썼다. 그의 삶은 그가 쓴 글대로 소생했고 글을 읽는 사람의 마음도 위로했다. 글을 쓰지 않았다면 급변한 환경을 견딜 수 없었을 것이다. 급물살처럼 흘러가는 낯선 환경에서 근심 없이 눕고 일어서지도 못했을 것이다. 하나님의 섭리를 알지 못했다면 이해할 수 없는 결이 다른 삶에 적응하지 못했을 것이다. 경험하지 못한 인생의 한 페이지가 낯선 도시에서 기록되고 있다.

분주한 도시의 겨울 아침 그를 두고 집을 나서며 때 이른 이별을 겪은 사람들의 마음을 헤아려보았다. 코끝에 상실의 통증이 밀려와 순간 눈물이 고였다. 이동하는 기쁨과 고정되어 붙박인 인내가 일상에 고루 퍼져 있다. 상례적으로 태어난 사람은 누구도 비껴갈 수 없는 이별의 슬픔이 공기처럼 두루 분포되어 있다. 때 이른 깨짐과 단절을 되새기며 살아야 하는 사람들이 있다. 영영 다시 볼 수 없는 이별 뒤에 남겨진 사람들의 긴긴 하루가 있다. 떠난 사람을 생각하면 고통도 사치같이 느껴지는 사람들이 있다. 살아있으니 어떻게든 의미와 가치를 부여해 유용한 인생을 살아야 하는데 그 길이 먼 것만 같다. 무위로 표류하는 뒷걸음질을 멈추고 돌아서 남은 삶을 힘써 살아야 하는데 그 시간이 멀게만 느껴진다.

반쪽이 떨어져 나간 심장은 제대로 뛸까. 영영 사라진 것들의 빈자리는 유유한 세월을 지나 채워질까. 상실의 고통을 안고 제자리로 돌아올 수 있을까. 그 무엇이 죽음의 무게를 끊어 가벼이 할까. 사랑했던 추억으로 홀로 견뎌야 하는 마음을 누가 이해할까. 상실의 슬픔을 위로하려고 올려드린 기도가 영혼에 닿기를, 부디 슬펐던 시간보다 더 많은 기쁨이 그의 삶에 가득 부어지기를, 홀로 있어도 행복의 밀도가 높여지기를, 죽음은 예측할 수 없고, 동일함에서 벗어나 형태와 모습을 바꿔 반복된다.

우리가 언제 맞닥뜨릴지 모르는 ———————

죽음 앞에서도 두려워하지 않는 ———————

믿음이 있기를 기도한다. ———————

피로 어둠을 밝혀 깨어있는 시간이다. 목숨을 바쳐 지켜지는 울타리다. 그는 어둠이 내리면 온몸의 피로 불을 밝힌다. 그의 품 안에 있는 사람들은 피로 밝힌 불빛 아래서 평안히 살아간다. 소란 없이 고유한 길을 가는 것도 목숨을 태워 밝힌 불빛이 있어서다. 한 사람의 피로 세워진 가정과 그 희생의 값으로 주어지는 안락함. 결핍을 회복시키고 꿈의 길을 연다. 소중한 것들은 하나도 빠짐없이 누군가의 목숨값으로 지켜진다. "마음을 다하고 목숨을 다하고 뜻을 다하고 힘을 다한" 사랑의 수고로 지켜진다. 그 사랑의 수고로 가정이 유지되어 아름다운 유산이 다음 세대로 이어진다. 차갑고 냉혹한 것들은 알 수 없는 사랑의 또 다른 이름은 자발적인 희생이다.

어른은 지워지고 어린아이로 다시 태어났습니다. 평생을 살아오며 체득한 지혜를 잃어버리고 이제 자신도 잊어버렸습니다. 동의한 적도 없는 일상을 유지하기 위한 행동 지침이 강제로 삭제되었습니다. 생존을 위해 반복해야 하는 행동마저 기억이 나지 않습니다. 자신의 존엄성은 다른 사람에 의해 맡겨졌습니다. 최후의 순간까지 가지고 있어야 하는 생존의 기초가 무너졌습니다. 세상에 홀로 던져진 것만 같습니다.

어른 아이는 잘못한 순간에도 뭘 잘못했는지 알지 못합니다. 일어난 사실을 알려주는 사람이 자기를 미워하는 줄 압니다. 상황을 인지하지 못해 어떻게 해야 할지 모르니 감정만 상할 뿐입니다. 어른 아이도 아이들처럼 무조건 잘해주는 사람을 좋은 사람으로 기억합니다. 사랑과 친절은 어느 때나 두려움과 불안을 잠재워 몸과 마음이 안정감을 느끼도록 해줍니다. 사람마다 쉽게 볼 수 없는 영역, 사람이 함부로 손상시킬 수 없는 영혼의 깊은 영역이 있습니다. 그곳에는 가지고 태어난 신성함이 그대로 남아 있습니다.

맛있는 것을 챙겨주면 눈웃음치며 "생각해 주네."라고 말하고 이것저것 두 개 이상 갖다주면 "자꾸 갖다주네."라고 감사를 표현합니다. 새벽에 일어나 옷장을 모두 뒤엎어 옷가지를 폈다 접는 건 어른 아이가 노는 방법입니다. 한겨울인데도 홑겹만 입는다고 고집 부립니다. 입혀준 옷이 마음에 안 들면 몇 번이고 갈아입는다고 투정 부립니다. 어른 아이를 어르고 다독여 봐도 고집을 부리면 고요한 아침에 무례한 소음이 끼어듭니다. 끼어든 소음에 아침부터 감정이 상합니다. 도돌이표처럼 매일 똑같은 말과 행동이 반복됩니다. 이럴 때는 괴로운 감정은 그냥 놔두고 사랑하는 마음에만 집중합니다.

하루의 시작과 끝에 아이는 의미 없는 행동을 끝없이 반복합니다. 입은 옷이 마음에 들지 않는지 물어도 대답이 없습니다. 이 옷 저 옷을 입었다 벗기를 반복합니다. 방문을 열고 들어가 옷을 만져보고 다시 소파에 앉는 행동을 반복합니다. 앉아 있을 때는 거듭해서 바지 속을 들여다봅니다. 윗옷을 위로 한 겹 한 겹 올렸다가 한 겹 한 겹 다시 내리기를 반복합니다. 손목을 덮은 윗옷을 손목 위로 끌어올렸다 내리기를 반복합니다. 털조끼의 지퍼를 목 아래까지 올렸다 내리기를 반복합니다. 색칠 공부와 만들기가 들어있는 흰색 종이봉투를 몇 분에 한 번씩 들여다보고 또 봅니다. 의미 없어 보이는 이런 행동은 집을 나서야 끝이 납니다. 그래도 어른 아이는 인생의 황금기를 사랑하는 이들의 손을 빌려서 평온하게 살고 있습니다. 매일 아침은 코를 푸는 소리, 양치하는 소리, 죽을 끓이는 소리, 바나나 써는 소리, 영양식 캔을 따는 소리로 시작됩니다.

옮겨 심어 적응하느라 애쓴 아메리칸 블루가 아직 살아있었다. 시들어만 가는 한줄기에 붙어 있는 생명의 끝자락을 되살려보려 붙들었다. 살아있음의 위대한 현재. 살아보려고 끝까지 목숨을 놓지 않는 식물의 의지가 고마웠다. 시든 가지를 다시 다듬어 물 올림 했다. 살아날 것 같지 않았던 가지가 며칠 동안 물을 먹고 다시 살아났다. 살고 살아보려 시든 시간을 견뎌 삶으로 돌아온 식물이 대견하다.

여린 가지를 흙의 품에 다시 심어준다. 창조된 것들 중에 엄마를 가장 많이 닮은 것은 흙인 것 같다. 유기체의 서식처 흙에게 남은 생명을 맡긴다. 빗물을 붙잡아 두었다가 식물에게 주는 흙에 심어준다. 끝내 살아보려고 몸부림친 식물에게서 고귀한 생명의 소중함을 본다. 어떤 환경에서도 살려는 의지가 감동으로 밀려와 식물에게 속삭인다. 척박한 환경에서도 살았으니 비바람과도 친구가 되고, 심긴 자리에서 무성하여 너만의 꽃을 피우라고 속삭인다.

지금 살아있으니 한낮 빛의 찬란함을 볼 수 있는 것이다. 어제보다 더 나은 날들이 오리라 기대하며 사는 것이다. 새로운 땅에서 뿌리를 내리고 점점 더 푸르러 가는 것이다. 아메리칸 블루의 꽃말처럼 두 존재의 인연으로 어제보다 깊어져 가는 것이다.

열매가 꽃으로 피어나는 계절

열매가 지상으로 내려와 빛깔 고운 꽃으로 피기 시작하면 산책로는 살굿빛 물이 든다. 열매가 꽃이 되는 계절이다. 떨어진 살구는 꽃이 되고 때로는 주황빛 자갈이 된다. 걸을 때마다 뒹굴뒹굴 따라온다. 연한 주황빛 열매는 짓이겨진 살점을 발 언저리에 묻힌다. 걸을 때마다 따라오는 작은 돌멩이 같은 살구의 살점이 터진다. 사람들은 더럽고 성가시다며 대나무로 만든 긴 빗자루로 언덕 아래 풀숲 사이로 치워버린다.

꽃 진 자리에서 달콤한 열매로 익은 살구가 음식이 되지 못하고 자갈이 되었다. 발밑에서 천덕꾸러기처럼 짓이겨지고 원하지도 않는 사람들을 따라온다. 살구는 꽃이 잉태한 열매요 돌멩이가 아니다. 발밑에서 짓이겨지면 안 되는 살구나무의 수고다.

살구 자갈이 사라지고 이번에는 더 연한 색, 천덕꾸러기 은빛 살구, 은행 자갈이 깔렸다. 은행나무는 부드럽고 말랑한 외피에 쌓여 익은 열매를 계속 땅으로 내려보내는데 누구도 거둬들이지 않는다. 산책로에 방치되고 발아래서 짓이겨져 악취를 풍길 뿐이다. 그는 산책하며 은행 열매를 밟을까 봐 열매를 살짝 옆으로 밀어 놓고 피해서 걷는다. 열매가 뭉개져서 신발에 악취가 배지 않게 힘을 조절해서 가장자리로 치운다. 잘 익은 은행 열매가 떨어질 때마다 기분이 씁쓸하다. 악취를 풍기며 떨어지는 열매는 계속 쓸어버려도 쉬지 않고 떨어진다. 마치 반갑지 않은 손님이 계속 찾아오는 것 같다. 열매는 악취를 풍겨도 은행잎의 빛깔은 곱다.

수확되지 못하고 발밑에서 짓이겨지는 열매를 볼 때마다 이미 끝난 관계 같이 느껴진다. 서로가 더 이상 원하지 않아도 계속 이어지는 관계 같다. 꽃이 헛되이 피었다가 진 것 같다. 나무가 열매를 익히기 위해서 최선을 다한 시간이 의미 없이 버려진 것 같아 못내 씁쓸하다. 해마다 열매가 자갈이 되는 것을 보면 나무의 한 계절의 수고가 헛되이 버려지는 것 같다. 천대받는 것 같아 불편한 마음을 떨칠 수 없다. 나무가 할 수 있는 일은 기회가 주어졌으니 때가 되면 꽃이 피고 열매를 맺는 것이다. 최선을 다한 일의 결과를 나무가 조정하고 통제하랴 그럴 수 없다. 이것은 그의 권한이 아니다. 발밑에 밟혀 짓이겨지는 열매지만 몇십 년 이상 자라서 비로소 맺은 열매라는 것이다. 평생의 수고가 보람되고 먹음직한 열매가 된다는 것은 얼마나 큰 보상인가.

예술가의 고통은 오롯이 자신만의 것이다. 예술가는 고통을 홀로 지고 두려움 속에서 마구 흔들린다. 때로는 주저앉아 어둠 속에서 기어간다. 생계를 유지하는 것부터 정신적인 독립까지 누구에게도 의지하지 않고 홀로 서고 싶다. 창의력과 통찰력이 아무리 뛰어나도 생계의 위협은 두렵기만 하다. 하늘로부터 부어지는 영감이 차고 넘쳐도 쉽게 갈 수 없는 길이다. 예술가에게 그의 일은 곧 목숨과 같다. 그는 존재의 전부인 그 일을 하기 위해 매일 분투한다. 벗어날 수 없을 것 같은 생계에 대한 불안과 싸운다. 창작자로서의 고통은 예술가라면 피할 수 없다. 꿈과 생계 사이에서 예술가는 아름답고도 뼈가 마르는 고통을 겪는다.

자신의 전 존재를 꿈에 건 사람은 종종 희미한 빛

조차도 없는 짙은 어둠 속으로 떨어진다. 때때로 고통은 스스로 일어설 수 없을 만큼의 강도로 예술가를 후려친다. 꿈을 이루는 험난한 시간은 곧 순례의 여정 같다. 고독과 고통은 언제나 꿈꾸는 사람 곁에 있다. 아무리 힘들어도 영감을 받아 새로운 창조를 추구하는 고귀한 일은 포기할 수 없다. 예술가의 깊고 아름다운 영혼은 이미 예술의 한 부분이다.

옷더미

"옷이 날개다." 입는 옷을 보면 그 사람을 조금은 알 수 있다. 하루하루가 쌓이듯 옷더미가 작은 언덕처럼 봉긋 솟아올랐다. 벗어놓은 옷에서 매일의 삶이 보이고 만져진다. 일주일 동안 쌓아 올린 옷더미에서 그의 몸짓과 호흡이 느껴진다. 벗어놓은 옷을 입고 그는 또 하루를 얼마나 열심히 살았을까. 한 사람의 하루가 보인다. 시간의 쌓임, 일주일의 펼쳐짐. 쌓이는 옷에는 나름의 질서가 있다. 구겨지지 않게 펼쳐 쌓았다는 것이다. 한 벌 한 벌의 옷은 정갈하여 주인을 닮았다. 규칙적인 일상의 나열, 걸쳤던 옷이 완만한 언덕을 만들면 옷들을 제자리로 돌려보낸다. 그는 옷을 말끔히 차려입고 왼손에는 필기구를 삼지창처럼 든다. 가지고 있던 지식을 밖으로 내보낸다. 그 지식은 각각의 목적을 성취한다. 그는 집으로 돌아와 하루를 마무리하듯 하루를 벗는다. 옷을 차곡차곡 쌓아두는 것은 그날의 힘을 모두 써서 기진한 것일까. 치열한 하루를 살고 늦은 밤에 돌아와 그냥 쉬고 싶어서일까.

삶의 현장에서 집으로 돌아온 옷들은 얼마간 쌓여 있다가 제자리로 돌아가 옷걸이에 걸린다. 맞지 않는 옷을 입고 불편함을 억지로 참는 삶은 얼마나 무거울까. 피부같이 편안한, 자신에게 꼭 맞는 옷을 입고 살아가는 사람들은 또 얼마나 좋을까. 쌓이는 옷을 묵묵히 걸어주는 누군가가 있다면 얼마나 포근할까. 그날에 맞는 옷을 갖춰 입고 자기가 좋아하는 일을 하는 사람은 얼마나 행복할까. 변함없이 사랑하고 아껴주는 사람이 곁에 있는 사람은 얼마나 따스할까. 지순한 사랑의 자산을 물려받은 사람은 얼마나 아름답고 자유로운 삶을 살아가게 될까.

햇살이 매일 찾아오는 반 평 정원에는 복숭아색 꽃이 핀다. 일일초는 물만 먹고도 화사한 꽃을 피운다. 투명과 불투명을 거쳐 두 번 꺾인 빛이 꽃잎 위에 부드럽게 내려앉는다. 매끄러운 연둣빛 줄기로 굴절된 여린 빛이 고루 스며든다. 반 평 정원에는 거저 받는 햇빛이 매일 선물처럼 쏟아진다. 창밖 건물 난간에는 햇살에 몸을 맡긴 비둘기들이 줄지어 앉아 있다. 눈부신 아침 햇살이 멧비둘기의 잿빛 깃털 위에 내려앉았다. 햇살이 비추는 동안 비둘기의 어깨깃은 광채가 났다.

작은 냉장고의 문이 쉴 새 없이 열리고 닫힌다. 부스럭 달그락 소란스러운 소리가 공간을 채우면 아침밥이 다 지어진다. 작고 낮은 밥상 앞에 마주 보고

앉는다. 그가 "반찬이 없는데 어쩌나."라며 웃는다. 그러면 마주 앉은 나는 "당신이 반찬이야 제일 맛있는 반찬. 당신과 같이 먹으면 뭐든 맛있어."라며 응수한다. 말이 달콤하니 같이 먹는 아침밥이 더 맛있다.

소박하여 더 기쁘고 행복한 일상 풍경이다. 아침을 먹고 햇살이 드는 창가에 나란히 앉았다. 활짝 폈다가 지금 막 떨어진 복숭아색 꽃잎을 귀에 꽂는다. 손가락에도 꽂고 흰 엄지발가락과 책 페이지에도 꽂는다. 근심 없이 한바탕 웃고 사진도 찍어둔다.

집 떠나 낯선 곳에서 4년. 계절이 바뀌는 창밖의 풍경이 낯설지 않다. 바람 한 점 불지 않는 오후 나무는 햇살 옷을 입는다. 계절이 바뀐다. 반 평 정원에서 눈을 들어 창밖을 바라본다. 황금빛 이파리가 사방으로 흩날리던 시간을 뒤로하고 함박눈이 소담스럽게 내린다. 한겨울에 만개한 마다가스카르 빈카와 창문 너머 소리 없이 내리는 눈의 어우러짐은 그 계절에만 볼 수 있는 풍경이다. 물주는 정성에 보답하려는지 매일 피어나는 꽃이 지고 나면 많은 씨앗이 맺힌다. 제 몸에 생명을 품은 씨앗이 겨우내 우수수 쏟아진다. 정원지기는 한 알도 빠짐없이 모두 한곳에 모아 봄에 파종한다. 그는 낯선 곳에서도 꽃처럼 살아간다. 일상성의 연속, 평범한 하루의 기쁨과 즐거움이 공간을 가득 채운다.

살아온 길을 되짚어 보면 모두 헤아릴 수 없고 긍정할 수도 없다. 파편화된 많은 기억이 각자의 자리에서 현존한다. 그래도 경험한 일들이 이해되고 긍정이 된다. 그러나 아직도 소화할 수 없이 밑바닥에 들어붙어 박제된 채 남아있는 몇몇 일들이 있다. 어떤 일들은 햇살에 증발하는 이슬 같고, 애초에 없었던 듯 쉬이 사라지는 안개 같고, 마음을 다했지만 열매 없는 허망함 같고 형체 없이 흩어지는 뜬구름 같다. 삶의 조각들은 조각인 채로 일상에 존재하고 때로는 지워진 듯 심연으로 내려가 잠잠히 있다.

해석되지 못하고 긍정되지 못한 모호한 일들은 삶이 대답해 줄 것이다. 유한한 시간의 흐름 속에서 삶으로 해석되지 못하는 불확실함은 없다. 우리가 짐

작할 수 없고 알 수 없는 시간의 어느 때쯤 삶은 분명하게 대답해 줄 것이다. 불분명한 채로 남아있는 대부분의 일들은 삶이 해석해 줄 것이다. 삶은 언제나 우리를 위하여 산산조각 난 것을 붙이고 인내로 씨실과 날실을 엮어 고운 옷감을 짠다.

지나온 모든 순간을 모아서 ――――――――
향기롭고 아름답게 자유로운 ――――――――
한 사람으로 빚어간다. ――――――――

책을 빌려주며

그는 책을 품에 안고 춤을 추었고 책을 읽다 잠이 들었고 일어나면 다시 읽었다. 책이 되고 싶었던 그는 그렇게 책이 되었다. 그는 서재의 책을 몇 년째 한 사람에게 빌려주고 있다. 수십 년째 하루 종일 같은 자리에서 업무를 보는 사람이다. 그가 책 읽기를 즐거워하여 책 심부름을 하게 된 것이다. 그가 책을 빌려달라고 말을 툭 던졌을 때, 몇 번만 빌려주면 될 줄 알고 가볍게 시작한 일이었다. 시작할 때만 해도 이렇게 몇 년씩, 이 일을 하게 될 줄은 몰랐다. 처음에는 책의 제목도 적지 않고 두서없이 빌려주었다. 그러다 해가 거듭되면서 어떤 책을 빌려주었는지 모르게 뒤죽박죽이 되어버렸다. 새로운 책을 빌려줄 때마다 기억을 되살려야 했다. 더듬더듬 기억을 거슬러 올라가 빌려준 책의 제목을 적어나가기 시작했다. 시간이 길어질수록

이 일이 점점 번거롭고 귀찮게 느껴졌다. 그래도 책 읽은 재미에 푹 빠진 그의 즐거움을 빼앗고 싶지 않아서 계속했다. 그는 젊은 시절 밤잠을 설치며 벽돌 책으로 공부했다. 그는 같은 자리에 몇십 년째 붙박여 업무를 본다. 뒤늦은 독서는 그에게 큰 기쁨이다. 생명을 구하는 일을 평생 성실하게 해온 그에게 독서는 큰 활력이요 보상이다.

어느 날 그가 말했다. "책을 빌려줘서 얼마나 좋은지 모르겠다고 이렇게 좋은 책들을 어떻게 읽어 보겠느냐고." 독서 시간이 그렇게 기쁘고 즐겁다며 밝은 표정과 상기된 목소리로 말했다. 그는 읽기 힘들 것 같은 어려운 책이나 벽돌 책을 빌려줘도 어떤 책이든 금방 읽는다. 사람들이 읽다가 포기했다는 백 년의 고독도 그는 끝까지 읽었다. 아무리 어려운 책도 다른 사람의 서평을 읽고 줄거리를 파악할 필요가 없다. 그는 맛있는 음식을 삽시간에 먹어 치우듯이 책을 먹어 치운다. 빌려줄 책이 모두 바닥나도 그의 책 읽기는 멈추지 않을 것 같았다.

그는 세상에서 나무를 제일 많이 사용해서 만든 것 같은 책상에 앉아 있다. 크다 못해 거대하고 묵직한 마룬색의 긴 책상에서 업무를 본다. 그는 수십 년째 같은 자리에서 언제나 성실하다. 앉은 자리 왼쪽 옆에는 흰색 가죽으로 된 두꺼운 책이 놓여있다. 그는 업무를 보는 사이 시간이 날 때마다 수십 년째 이 책을 읽고 또 읽는 중이다. 평생 같은 책 한 권을 애지중지하며 읽고 또 반복해서 읽는다. 손때묻은 표지는 광택이 나기도 하고 너덜너덜하기도 하다. 책을 읽을 때는 볼펜 심만 들고서 글씨의 행간에 몇 번 읽었는지 매번 표시를 해둔다. 그는 자기만 알 수 있는 방법으로 표식을 남긴다. 그 책을 몇 번이나 반복해서 읽었는지 직접 물어보지는 않았지만, 어쩌면 그 책을 자기 나이보다 더 많이 읽었는지도 모른다. 오늘도 어김없이 비칠 듯이 얇은 책의 페이지가 퍼르르 소리를 내며 넘어간다.

해가 바뀌었다. 이제는 소장하고 있던 책을 그에게 준다. 전에는 목적이 있어서 책을 모았지만, 이제는 계획이 바뀌어 필요한 사람들에게 나누어 준다. 모아왔던 책을 나누어 주자 그는 책이 많이 생겨서 기쁘다며 해맑게 웃었다. 누구에게라도 주고 싶은 것이 책인데 좋아하는 사람에게 줄 수 있으니 더없이 기쁘다. 그와의 몇십 년의 인연, 그는 자신의 자리에서 독서로 즐겁고 풍요롭고 행복하게 사는 중이다. 독서의 기쁨으로 노년의 남은 페이지가 윤택하게 넘어가는 중이다.

하루

물체를 분간할 수 없는 희미한 빛이 어두운 선로 위를 달린다. 희미한 빛의 움직임을 무심히 바라보며 하루를 시작하는 사람들이 있다. 피곤함에 지친 어떤 이들은 눈을 감아 어둠을 차단한다. 한정 지어 자신을 가두는 삶의 압력으로부터 자신을 지키려 중심을 잡고 선다. 부서지거나 튕겨 나가지 않으려 버틴다. 아무리 비좁아도 넓어지지 않는 한정된 공간, 사람들은 방패처럼 붙어 서로의 버팀목이 된다. 밀려드는 사람들, 모두 같은 공간에 몸을 밀어 넣기 위해 안간힘을 쓴다. 군집 된 사이로 비집고 들어가기 위해 뒤돌아서 등으로 힘껏 밀어붙인다. 이른 아침 이동하는 출근길 지하철에는 내리는 사람은 없고 타는 사람만 많다.

온통 어둠뿐인 곳, 햇살이 뚫고 들어오지 못해 깊

고 좁은 긴 어둠이 차지한 곳. 좁디좁은 어둠을 가르며 사람들 사이로 잠시 비쳐 드는 희미한 빛. 어둠의 구간을 지나 사람들 사이로 풀어져 쏟아지는 빛. 저항에 맞서는 하루의 시작은 밝고 활기차다. 어둠을 통과하는 동안 두 다리로 버티고 선다. 우리는 서로에게 빛이다. 작디작은 점같이 서로 뒤엉켜 서 있는 사람들 사이에서 삶은 생생하여 푸르다. 희미한 빛들의 움직임과 빼곡한 사람들의 숨 가쁜 움직임. 밝은 빛의 이어짐, 성실한 사람들은 매일 아침 마음이 오래 머무는 자리에서 몸을 일으켜 치열한 하루를 시작한다. 가진 힘으로 목적지까지 가기 위해 매일 힘을 쏟아붓는다. 소중한 것들의 평안을 지키기 위해 피로써 달린다.

우리가 살고자 하는 동안 삶은 어제나 우리 편이다. 힘들게 일어나 하루를 시작해도 그날의 삶을 살아간다. 삶은 가장 좋은 것을 우리에게 주며 살 수 있게 돕는다. 삶은 그의 가슴에 우리를 품는다. 어떤 순간에도 희망을 잃지 말고 살아가라고 격려하면서 하루

동안 붙잡고 살아갈 소망을 보낸다. 매일 맞는 하루는 우리를 소망으로 견인한다.

통나무 계단 양옆으로 줄지어 선 노각나무들, 산에 오를 때마다 반겨주는 숲. 향기로운 숲에 들어서면 나도 한 그루의 나무가 된다. 산새들의 합창 소리는 넓고 넓은 비취색 하늘에 물결친다. 가지 끝에 움 돋은 노란색이 도는 가지 사이로 날아다니던 곤줄박이는 가지에 끝에 앉아 바람 그네를 탄다. 저 멀리 보이는 새들의 흐릿한 춤사위는 하늘에 그려진 중후한 수묵화 같다. 하늘을 나는 새들의 경쾌한 노랫소리는 가까이서 들리는 듯 선명하다. 목백일홍의 순백 꽃잎은 흰나비가 날아다니는 것 같다.

빗방울 속으로 들어간 밝고 선명한 초록빛. 나뭇잎에 맺힌 초록 빗방울이 풀잎 위로 떨어진다. 청록색 나뭇잎을 춤추게 하는 비. 새들은 어디서 작달비를 피하고 있을까. 둥지를 잃어버린 아기 새는 젖은 풀잎 사이를 오가며 엄마를 부른다. 젖은 날개를 힘없이 퍼덕인다. 엄마를 부르는 눈물 목소리는 숲의 소리에 묻혀 사라진다. 작은 날개가 젖어서 날지 못할까. 엄마와 떨어져 날개의 힘이 빠졌을까. 젖은 눈 깜박이며 엄마 목소리를 찾는다. 오목눈이의 여린 부등깃은 젖지 않기를, 엄마가 품에 안아 주기를, 작은 새를 어서 찾아오기를 기다린다.

비 오는 숲속은 살아있는 것들의 합창 소리와 비에 젖은 향기로 가득하다. 흰 꽃잎이 흩뿌려진 꽃잎 계단은 차마 밟을 수 없다. 새로 태어난 새싹들은 연둣빛 희망으로 물결친다. 봄의 숲속에 있노라면 무엇에도 매이지 않는 영혼의 자유를 느낀다. 레이스 꽃잎이 하늘거리며 사뿐히 내려앉는다. 지상에서 피어난 아름다운 순백의 순간이 영원히 이어질 듯하다. 지순한 꽃잎이 지상을 덮는 계절에는 나도 한 송이 꽃이 된다. 계절이 지나 꽃이 시들어도 마음에 핀 꽃은 시들지 않는다.

5장
살아있을 때 만족하고 죽을 때 후회하지 않는

인간이 쓸모 있음을 기준으로 살아남았다면
우리 모두는 죽음으로 사라졌을 것이다.
그중에 제일 먼저 사라졌을 사람은 역시 나였을 것이다.

관조

위아래, 이 끝에서 저 끝, 태반이 굴곡졌고, 멈춘 듯 느렸고, 때로는 쏜살같이 달아났다. 이런 시간을 뒤로하고 오십 중반이 넘어간다. 이제까지 걸어온 길을 되돌아보며 사람의 참모습과 영원히 변하지 않는 진리 안에서 본질을 관조한다. 절대와 특별이라는 틀 안에서 바라보던 시선의 방향이 바뀌었다. 시야가 넓어져 보편적인 것들에 깃든 은총이 보였다. 폭넓은 이해와 수용의 폭이 넓어졌다. 결코 변할 수 없는 절대적인 영역은 더 강화되었다. 사람과 사물의 본질을 보는 눈이 열렸다. 전에는 없던 마음의 여유 공간이 생겼다. 매일 일어나는 일상사가 대부분 이해가 된다. 보편적인 것들 안에서 세상을 이끌어 가시는 신의 섭리가 보인다. 잘못 규정하여 부자유했던 것들이 보편으로 통합되었다. 인생의 중심축을 절대자에게 맡기고 관조한다. 생에 동안 일어나는 모든 일과 생명과 죽음도 고요한 마음으로 바라볼 수 있게 되었다.

관조하는 마음은 내재 된 심오한 것들의 가치를 잃지 않은 채 더 넓은 세계로 연결한다. 억지로 비끄러맸던 것들을 더 이상 붙잡아두지 않게 된다. 누가 알아주지 않고 주목하지 않아도 괜찮다. 낙담과 패배를 뚫고 가던 길을 계속 가게 된다. 무엇을 계속하고 무엇을 놓아야 하는지 분명하게 알게 된다. 지난한 일과 슬픔도 각각의 시간에 존재하는 이유가 있는 것을 알게 된다.

역사를 주관하시는 절대자 안에서 영원을 바라본다. 관조하는 삶은 일상사에 동요하지 않고 고요하다. 간절한 소원과 꿈을 품은 고단함에도 들레지 않는다. 좁은 길을 기뻐하고 감사하며 가게 한다. 사람과 세상을 절대자가 이끌어감을 알기에 내려놓고, 맡기고 나의 길을 간다. 점점 잘 될 것을 확실히 알고 간다.

그는 부분적이고 일시적인 위태한 길에 서 있다. 꿈을 품고 외길을 가는 사람은 수시로 뿌리째 흔들린다. 그가 꿈을 품고 모호하고 모진 시간을 견딜수록 절망은 더 거세져 파괴적으로 된다. 절망은 그의 전부를 삼켜버릴 것 같다. 보이지 않고 만질 수 없는 길을 가는 고통. 거듭되는 영혼의 절망으로 죽음의 표면을 만졌다. 그는 꿈을 품었기 때문에 피투성이가 되었다. 좌절은 익숙해도 절망은 감당하기 힘들다. 이런 시간이 반복되었고 강도는 점점 더 세졌다. 전 존재는 죽음에 던져졌고 모든 수고와 인내와 소망도 같이 죽음에 넘겨졌다. 그는 조난당해서 망망대해를 떠도는 것 같았다. 꿈을 비추던 희미한 빛마저 꺼져버렸다. 창조 이래 한 번도 꺼지지 않은 강렬한 빛이 그에게서 꺼진 것이다. 파괴적인 연쇄적 절망은 꿈꾸는 자를 보호할 생각이 없다. 절망은 존재마저 부정하고 무너뜨리려 한다. 찢겨나간 꿈은 보호받지 못하고 그는 절반으로 꺾였다.

그러나 여기서 끝이 아니다. 꿈은 절대자 안에서 자력으로 살아남는다. 점점 좁아지는 길. 꿈을 이루기 위해 달려온 가시밭길. 지금까지는 그의 의지와 노력으로 꿈을 이끌고 왔다. 그러나 이제부터는 전적인 은총이 아니면 갈 수 없다. 성실함으로 날개를 퍼덕여 잠시 날 수 있지만 지속할 수는 없다. 능력만으로 되지 않는다. 작위적이었던 모든 시도를 내려놓아야 할 때다.

죽음을 통과하여 살아남은 것들은 다시 절망하지 않는다. 죽음의 시간을 지나 살아남은 것들은 다시 죽지 않는다. 꿈의 뒷면, 흑암의 그림자는 전적인 은총이 아니면 밝게 할 수 없고 거대한 절망으로 주저앉은 마음은 하나님이 일으켜주지 않으면 일어설 수 없다.

이 세상에 살아있는 동안 오롯이 자신의 영혼으로 죽음을 통과하여야 다시 죽지 않고 절망을 통과하여야 다시 절망하지 않는다. 흔들려도 꿈을 포기하지 않기 위해서는 전적인 은혜가 필요하다.

꿈을 시작하신 분이 하나님이시니 ————————
이루실 분도 하나님이시다. ————————

그 사람이 아니면 안 될 것 같았던 관계가 끝난 후에도 일상이 무너지지 않을 만큼 너를 지켜 사랑하고, 다시 일어나 삶을 유지할 힘을 남겨두고 사랑하라. 상대의 심장에 나의 전부를 심지 말고, 사람을 바꿔 사랑으로 도피하지 말고, 너를 지켜 네 인생으로 우뚝 서라. 오늘 너로 살고, 너로 존재하고, 불필요한 말을 멈춰 침묵으로 말함을 배우라. 어둠에 비치는 한 줄기 빛에서 영원을 느끼고, 돌아갈 본향을 생각하라. 신적 권위 위에 군림하지 말고, 창조주를 믿고 절대 의탁하라. 살든지 죽든지 한평생이 전적으로 신의 뜻 안에 있음을 신뢰하라. 지금의 삶을 절대 긍정 하고, 지금 이 순간에 옹근 너로 존재하라. 후회도 두려움도 불안도 너를 해치지 못하니, 창조주를 인정하여 공허와 혼돈과 흑암에서 자유케 되어 삶을 회복하라.

이 세상에 태어난 사람들은 한 사람도 예외 없이 한두 가지의 재능은 타고난다. 거리낄 것 많은 굴곡을 지나며 장점보다 단점이 더 크게 인식될 때도 있다. 우리는 이런 각자의 삶을 소중하게 생각한다. 많은 사람들은 조각난 삶의 한 조각에서도 좋은 것을 찾아 지금보다 더 나은 사람이 되려고 노력한다. 소중한 삶을 꽃피워보려고 최선을 다한다. 잠시 주춤거려도 결국은 앞으로 나간다. 희망을 품고 노력해도 잘되지 않아 실패한 것처럼 느껴도 우리는 성장하는 중이다. 더 나은 사람이 되려는 굳은 의지는 가고자 하는 곳으로 우리를 데려가고 원하는 일을 할 수 있게 만든다.

잘 살아가고자 하는 우리에게 최상의 시간은 현재다. 미지의 세계로, 가보지 않은 길을 찾아 떠나는 우리에게 용기는 최고의 자산이다. 더 나은 사람이 마주하는 일상의 변주는 살아갈 이유와 목적을 분명하게 한다. 더는 우리의 것이 아닌 지나간 시간과 능력 밖의 미래에는 관심을 두지 않는다. 지금 머무는 곳에 뿌리를 내리고 살게 한다. 대부분의 사람은 자신을 둘러싼 불완전한 환경을 견디며 원하는 삶을 찾아 가치 있는 것들을 소중히 여기며 살아간다. 더 나은 사람이 되려는 우리는 그 자체로 희망이고 항구한 사랑이며 변치 않는 가치를 지닌 사람들이다.

고통스럽게 하는 일들과 ———
자기 자신을 극복해야 살아갈 수 있는 ———
혼란한 세상의 의연함이고 대안이다. ———

두 길

이 길 아니면 저 길. 세 권의 책을 출간하고도 작가로 살아야 하는지 확신하지 못했다. 내가 작가로 살아도 되는지. 하나님께서 이 길을 기뻐하시는지. 목회자와 작가, 둘 다를 감당하기에는 역량이 한참 부족하다고 느꼈다. 둘 중 하나를 선택하기 위해 깊은 고민에 빠졌다. 확실하게 알지 못하고는 작가로 살 수 없어서 기도했다. 이러지도 저러지도 못하는 혼란으로 일상은 생기를 잃어버렸다. 글쓰기를 멈추자 영혼의 방황이 시작되었다. 기도해도 깊어진 불안이 떠나지 않았다.

내가 목회와 작가 사이에서 곧 깊은 갈등으로 방황할 때면 하나님께서 선물로 보낸 사람을 통해 분명하게 말씀하신다. 하나님의 메신저 역할을 하는 그 사람이 격려의 말과 함께 선물을 보낸다. 글쓰기를 그만둬야 하나 깊은 고민에 잠길 때면 어김없이 연락이 온다. 그분은 내게 무엇을 바라지 않는다. 한 사람의 작가를 세우기 위해서 마음과 돈을 아끼지 않는다. 말없이 지지해 주는 그분이 곁에 있어서 감사하다. 그분은 마음을 다해 희망의 말로 나를 세워주고 책을 구매해서 전국에 배송하는 수고를 마다하지 않는다. 그분의 응원을 통하여 나는 다시 한번 나를 향한 하나님의 뜻과 사명을 깨닫는다.

목회와 글쓰기는 모두 나의 길이다. 이 둘은 분리될 수 없다. 사람을 살리기 위한 목회와 글쓰기다. 이 둘은 하나이기에 둘 중 하나를 선택할 수 없다. 둘 중 하나만 선택하려고 마음이 나뉘어 뒤척이는 숱한 밤을 보냈지만 두 길 모두 나에게 주신 하나님의 선물이었다. 늦깎이로 시작한 신학 공부를 할 때도 나는 이 길이 맞나 싶어서 똑같이 갈등한 적이 있었다. 그때도 하나님께서 직접 나를 세우셨다. 새벽을 깨워 하나님께 기도하며 비로소 갈등을 넘어갔다. 이제는 온전한 확신 가운데서 흔들림 없이 나의 길을 간다. 하고 싶다고 하고 하기 싫다고 마음대로 멈출 수 있는 일이 아니다. 살아있을 때는 천상의 기쁨으로 죽을 때는 영광의 평안으로 감당해야 하는 사명이다.

"좋은 동화 한 편은 백 번 설교보다 낫다." 권정생 선생의 말이다. 그는 가난과 병마로 사위어가면서도 소외되고 아픈 이들에게 희망을 주는 글을 썼다. 나는 살아있는 설교를 수백 번, 아니 헤아릴 수 없을 만큼 많이 듣고 믿음이 성장했다. 이제는 실상이 된 믿음으로 사람을 살리는 책 한 권을 출판하기 위해 가진 모든 것을 쏟아붓는다.

두려움은 끝도 없는 방황으로 마음을 끌고 다닌다. 마음이 묶여 두 손 두 발은 정지상태다. 선물로 받은 시간을 스스로 무의미하게 버린다. 뿌리 없이 부유하는 허상, 매일의 햇살이 떠올라 비추면 곧 사라질 안개 같은 두려움이다. 우리는 종종 두려움이라는 감옥에 갇힌다. 살아있으므로 필연 겪어야 하는 여러 종류의 두려움이 있다. 이 두려움은 살아있는 순간 끝도 없이 마음을 좀먹는다. 두려움의 형태는 각기 다른 얼굴만큼 많다. 그 형태는 보이지 않으나 삶의 모습에서 분명하게 나타난다.

두려움에 잡히면 삶의 초점을 잃고 밀도도 떨어지며 모든 면에 있어서 집중하지 못한다. 역동성이 떨어져 늘어지고 무기력할 뿐이다. 있는 것에 감사하지 못하고 좋아하는 것들도 희미해진다. 일상에서 꼭 해야 하는 일들마저 하기 싫고 몸과 마음은 방황의 연속이다. 일상이 차츰 무너져 내림이 보인다. 두려움은 실체가 없지만 그 힘은 강력하다. 허상이라고 말하며 실체를 알고 있어도 끌려다니기 일쑤다. 두려움의 종류는 여러 가지다. 사랑하는 사람들과 이별할까, 소중한 것들을 갑작스럽게 잃어버릴까, 먹고사는 문제에 있어서 극빈으로 떨어질까, 환경이 급작스럽게 변할까, 암에 걸리거나 사고를 당할까, 노년에 치매에 걸릴까 이런저런 근심이 우리를 두렵게 만든다.

우리에게는 삶에서 당면하는 두려움도 있지만 더 근원적인 두려움이 있다. 목숨만큼 귀한, 꼭 이루고 싶은 꿈과 사명이 있는 사람이 겪는 두려움이다. 최선을 다한 일들이 잘되지 않는 것 같을 때 범람하는 두려움은 거대하여 삶을 집어삼킨다. 두려움에 잠식당하여 일상이 침몰된다. 잘하고 싶어서 시작도 못하고 포기하지도 못하고 끝도 없는 방황만 계속된다. 현재에 집중하지 못하고 생각이 만 갈래다. 오래 기도해도 두려움이 사라지지 않고 오도 가도 못한다. 기도는 기도대로 방황은 방황대로 갈등하며 폭주한다. 끈질긴 두려움에 휘둘려 행동은 그 자리에 멈추고 삶은 둔해지고 두려움만 커진다. 실체에 나를 던지지 않으면 두려움은 사라지지 않는다.

꿈과 두려움은 같은 공간 같은 위치에서 공존한다. 두려움을 이기는 법은 행동력이다. 더 잘하고 싶은 일을 그냥 하는 것이다. 행동하면 두려움은 산산조각 나 흩어진다. 각자에게 알맞게 주어진 꿈을 헛되이 낭비하거나 방치하면 안 된다. 그 일에 전 존재를 내던져야 한다. 꿈과 사명에 나를 던지면 오히려 깊은 안정감이 찾아온다. 그럴 때만 두려움에서 벗어나 앞으로 나아갈 수 있다. 평생 두려움을 딛고 성장하는 길은 뜻을 정한 일에 나의 전부를 던지고 잘될 것을 믿고 나가는 것이다. 두려움에도 행동할 때 우리는 그 지배에서 벗어나 자유롭게 된다. 두려움을 딛고 행동하면 허상은 비로소 힘을 잃고 아무것도 아닌 것이 된다. 두려움은 언제나 내가 만들고 그것에 힘을 실어 주고 내가 키우는 것이다. 두려움은 허상에 불과하다. 터트리면 금세 흩어져 사라지는 헛것이다. 그러나 평생을 두고 맞서 싸워야 하는 힘이 센 상대다.

14년의 낮과 밤. 보육원 생활을 뒤로하고 14년 동안 딛고 서 있던 땅이 바뀌었다. 14년의 결실. 오랜 슬픔과 상처를 눈물로 흘려보내며 새롭게 시작된 삶이 14년 만에 책이 되었다. 14년의 목숨 연장. 죽을 것이 죽지 않고 살고 또 살아서 꿈꾸고 사랑하며 자유를 누리게 되었다.

깨지고 흩어져 방치되었던 삶이 끝나고 ———
다시 태어나 지나간 삶이 회복되어 ———
현재를 살아간다. ———

서른둘 이전의 나의 삶은 돋아나지 않은 싹 같고 펼쳐지지 않은 책 같았다. 부르지 않는 노래 같고, 피지 않은 꽃 같고, 발굴되지 않은 보석 같고, 어둠에 갇힌 빛 같고, 씨앗 속에 봉인된 생명 같고, 뿌리내리지 못한 나무 같고, 불안에 둘러싸여 잠들지 못하고 꿈 같고, 찬란한 색이었으나 발색 되지 못한 무채색 같고, 부모라는 땅의 부재로 혼돈 속에서 길을 잃었고, 자신의 정체성을 알지 못해 방황했고, 비바람 부는 세상에 혼자 있는 것 같았다. 고유한 빛을 잃고 전 존재가 슬픔이었다. 외로움과 허무함과 고독과 쓸쓸함이 전부였고 생명을 바라보는 눈이 닫히고 죽음을 바라보는 눈만 열려있었다.

이후 생명의 빛이 나를 찾아와 깊은 어둠과 슬픔에서 풀려났다. 지금은 다시 태어나 두 번째 삶을 살고 있다. 내가 사는 동안 목적은 단 하나다. 아픔의 한 복판에서 힘겹게 빛을 향해 나아가는 사람들을 돕는 것이다. 본연의 나로 살아가는 기쁨과 사랑과 자유와 꿈을 향해가는 여정을 기록하는 것이다. 보람 있는 일상을 글로 옮겨 나누는 것이다. 작가로 산 지 6년. 나는 이번 책이 내 생에 마지막 책이라는 심정으로 사람을 살리려고 글을 쓴다. 이 글이 사람들의 마음에 사랑의 편지로 전해지기를 기도한다. 깊고 아름답고 여한이 없는 삶을 기록으로 남긴다. 자녀들과 사람들에게 도움이 되리라 믿고 밝고 맑고 환한 삶을 글로 남긴다.

안락한 삶을 반납하고 밤의 무게를 고스란히 짊어집니다. 낮은 숨을 내쉬던 긴 밤을 뒤로하고 한낮의 빛을 피해 반그늘로 숨어듭니다. 낮의 무게를 덮고 깊은 잠에 빠져듭니다. 낮과 밤을 뒤바꿔 살아갑니다. 세상의 모든 고유한 색들이 빛을 힘입어 돌아오는 아침이면 잠을 자러 들어갑니다. 집으로 돌아오는 길. 맨처음 형형색색의 꽃들이 그를 반가이 맞아줍니다. 칼리브라코아 슈퍼벨이 공중에서 나풀거리며 그의 수고를 인정해 주며 아침 인사를 합니다. 하루를 여는 부드러운 복숭아 꽃 빛이 그의 희생을 위로하고 고단한 삶을 장거리 여행으로 바꾸어줍니다. 노동의 무게를 덜어내 가벼이 지고 갑니다. 집으로 돌아오는 길, 절대적인 사랑처럼 변하지 않는 강렬한 태양이 힘차게 떠올라 그가 가는 길을 비추어줍니다. 그가 하는 수고는 사랑하는 사람의 글에 기록되어 잊히지 않습니다. 모두가 움직이는 시간 그는 멈추어 단잠에 빠져듭니다.

우주 만물을 움직이는 편만한 은총이 잠든 영혼을 머리끝에서 발끝까지 어루만져 회복시킵니다. 그는 회복되어 다시 일어나 줄곧 달려야 넘어지지 않는 삶을 살기 위해 매일 죽어야 하는 삶을 묵묵히 살아갑니다. 흔들려도 꺾이지 않고 꺾여도 다시 세워지는 삶을 살아서 이루는 '산 순교'라 말합니다. 그는 한 귀퉁이에서 간헐적 생존으로 온전하지 않고 원하는 대로 되지 않는 삶을 살아왔습니다. 그러나 그의 책임감과 성실함은 인정받아야 마땅하며 우러러보고도 남을 만큼 값집니다. 지상에서 오직 단 하나, 유일한 안식처는 한 사람 사랑의 수고로 세워졌고 유지됩니다. 그곳은 지상과 하늘을 잇는 행복한 동산입니다. 그가 일구어 만들고 일생을 쏟아부은 기쁨이 넘치는 동산입니다. 그가 사랑하는 사람들은 이곳을 회복된 낙원이라 부릅니다.

식물은 사는 곳에서 스스로 죽지 않는다. 가뭄과 홍수와 처한 환경이 아무리 열악해도 살아남는 일에 집중한다. 주어진 환경에 순응하고 때로는 저항하며 살기 위해 모든 힘을 쏟는다. 돌고 도는 생태환경에 적응하여 그 자리에서 자란다. 삶의 끝에서는 씨앗을 퍼트려 다음 세대로 생명을 잇고야 만다. 생육할 기회가 주어졌을 때나 위협을 받을 때나 최선을 다해서 번식한다. 식물은 대부분 개체를 만들어 내는 능력을 타고났다. 자랄 수 있는 계절에 생명을 낳기 위해 바삐 움직인다. 멈춤의 계절, 겨울이 오면 자랄 수 없기 때문이다. 번식의 계절은 식물의 수가 붇고 늘어서 널리 퍼져나가며 생육하고 번성한다. 식물은 겨울이 오기 전까지 모체로부터 분리되어 독립체로 뿌리를 내리고 살아갈 채비를 갖춘다.

추위가 물러가고 새싹들이 몸을 부풀리는 봄이 오면 새싹들은 잔디같이 촘촘하게 붙어서 자란다. 새벽 미명부터 어둠이 덮을 때까지 끝도 없이 삽목을 하며 생각했다. 왜 쉬지 않고 삽목을 하는 것일까. 그 이유는 한정되고 끝이 있는 시간과 효율성과 생명에 대한 애착 때문이었다. 때가 되면 독립해야 한다는 절박함에서 비롯된 행동이기도 했다. 봄부터 시작된 삽목은 식물의 성장이 멈추는 여름까지도 이어졌다. 삽목을 하는 이유는 계절의 한정된 시간과 정해진 땅에서 자랄 기회에 대한 절박함이었다. 한여름까지도 계속되는 삽목은 살아 있으면 성장해야 하고 독립해야 한다는 의지이자 강박도 포함되어 있었다.

사람을 살리고 싶은 간절함도 삽목을 하는 다른 이유이기도 했다. 사람이든 식물이든 살아있으면 꽃이 피고 열매를 맺어야 했다. 주어진 자리에서 뿌리를 내리고 성장 해야 했다. 살아있는 것들은 무엇이 되었든 크기와 수가 증가하여 충만하게 되기를 바랐다. 우리는 살아있을 때만 성장할 수 있다. 번식의 계절이 지나면 성장할 수 없다. 살아있는 동안 힘써 생명을 낳고, 무엇이 되고, 무엇을 남겨야 한다.

좋아하는 식물을 키우며 사람들과 연결되었다. 꽃을 좋아하는 사람들과 만나면 즐겁다. 가지고 있는 좋은 것들을 나누었다. 각자 열심히 살아가는 사람들을 만나면 기쁨이 차오른다. 아무리 작아도 식물들은 모체로부터 분리되어 건강하게 자란다. 점점 위풍당당한 모습으로 무성해진다. 식물은 위축되지도 부풀리지도 절대화하지도 않고 타고난 자연스러운 모습으로 자란다.

독립된 개체로 우뚝 서 손이 닿는 거리, ———
눈에 보이는 곳에서 성장한다. ———
오늘 하루도 살아 있음으로 만족한다. ———

미지의 시간을 앞서가서 오늘을 헛되이 버리지 않습니다. 미래의 문 앞에서 방황하지 않습니다. 더 이상 이것인가 저것인가 묻지 않고 굳이 알려 하지 않습니다. 현재의 충만한 순간들만이 전부라 여깁니다. 인생, 가장 좋은 길로 가고 있으며 사랑, 그 영원한 아름다움이 이끌어 가고 있음을 믿습니다. 보편적이 것들에 깃든 신의 은총이 만물 위에 흐르고 있습니다. 선물로 받은 삶의 모든 순간을 기뻐합니다. 오늘을 감격하며 즐거워하는 것이 삶에 대한 예찬인 것을 알았습니다.

과거, 내면에 들어온 햇살이 굴절되어 반사되던 시절이었습니다. 그러나 그 빛도 사람들에게 위로가 된다는 것을 알았습니다. 빛도 비틀린 것들을 통과할 때면 자신의 모습을 낮춥니다. 이 삶, 온전한 흰빛이 못되어도 감사하며 해사하게 살아갑니다.

보육원에서 살던 시절 여섯 살 아이의 꿈은 화가였다. 아이는 고등학생이 되면서 꿈을 포기했다. 처음부터 이룰 수 없었던 꿈이었다. 혼자 꿈꾸고 혼자 아파하고 혼자 생각하고 혼자 절망하다 끝날 수밖에 없었던 시절의 꿈이었다. 꿈을 포기한 어느 한순간에 나직이 읊조리는 기도가 시작되었다. 이다음에 어른이 되어 먹고살만해지면 재능이 있는데 가난한 아이들을 돕고 싶다고 기도했다. 자신이 누군지도 모르고 누군가의 도움 없이는 살 수 없었던 시절의 기도였다. 사춘기 시절, 밤이 깊도록 잠들지 못했고 선잠 들었다가도 갑자기 눈을 떴다. 안도감이 상실된 불안한 상태였다. 약하고 슬펐던 14년의 보육원 생활이 그렇게 지나갔다. 화가가 되고 싶었던 꿈은 그로부터 24년이 지나 세대를 건너 이루어졌다.

그는 이른 나이에 결혼하였고 그때까지도 꿈이 없었다. 그가 다시 태어난 서른둘, 그때부터 새로운 꿈이 시작되었다. 화가의 꿈이 글쓰기로 바뀌었다. 글을 쓰기 시작한 지 14년, 그의 나이 쉰에 두 번째 책이 정식으로 출간되었다. 그는 평생 작가로 살고 싶다. 흔들림 없이 확고한 그의 꿈은 사람을 살리는 글을 인류의 유산으로 남기는 것이다. 살아있는 동안 몇 권의 책을 출간할지 알 수 없다. 깊고 아름다운 글을 쓰기에 능력도 부족하다. 큰 능력의 근원, 하나님의 선한 능력에 의지하여 포기하지 않고 글을 쓸 뿐이다.

그는 글을 쓸 때 가장 충만하고 사랑하는 주님과도 더 친밀해짐을 느낀다. 글쓰기를 멈추면 일상을 유지하기가 힘들다. 불안의 수위가 점점 높아진다. 꿈이 없이 사는 삶은 절망과 무의미함의 연속이다. 이 일에 보상이 없어도 써야 하는 이유는 분명하다. 오늘이 숨을 내쉬고 다시 들이쉴 수 없는 마지막 날이라 하여도 글을 쓰다가 떠난다면 완성된 삶인 것이다. 꿈이 없이 나이 들어간다는 것은 극한의 고통이다. 꿈이 없는 삶은 영혼은 죽고 몸만 사는 지루하고 무의미한 시간의 연속이다. 그가 품은 꿈이 그를 살게 한다. 누가 시키지 않아도 기꺼이 기쁨으로 하는 일, 애써 노력하지 않아도 시간 가는 줄 모르고 즐겁게 하는 일이 진정한 꿈이다. 사명인지 알 수 없어서 몇 번을 기도했고 마침내 길을 찾았다. 그는 삶으로 노래하는 작가다. 사는 동안 살아낸 삶을 반추하고 독대하여 글로 쓰는 작가다.

새로운 피조물

이 세상에 존재하는 것들에는 창조된 본디 모습 그대로인 것과 고통을 통하여 본디 그대로 회복된 것들이 있다.

고통을 통하여 존재의 심연, 본연의 모습을 찾은 사람들이 있다. 이런 사람들은 이전과는 완전히 다른 새로운 모습으로 변화된다. 새로운 피조물로 변화된 사람들과 연결되면 그 사람도 새롭게 변화된다. 많은 사람이 모진 고통과 시련을 겪으며 본질로 돌아온다. 거짓과 헛된 것들이 모두 벗겨지고 떨어져 본연의 것만 남은 모습이 된다. 이들의 삶은 본질에 무게중심을 두고 더 이상 흔들리지 않는다. 신의 영역에 속했기 때문이다. 본질에 가치를 두고 사는 사람들이 있어서 세상은 살만하다. 아무리 힘들어도 이런 사람들이 있어 세상은 아름답다.

창조된 생명은 깨어진 것들을 원래 상태로 회복시키느라 한시도 쉬지 않고 일한다. 사람이 망가뜨리는 세상을 창조의 능력을 받은 생명이 날마다 되살리는 것이다. 세상이 급속도로 악해져도 우리가 아직 살 만한 이유다.

생명을 지키기 위해 불침번을 서는 사람. 고요한 새벽에 홀로 지상으로 내려온다. 아무도 지나가지 않은 새 길에서 삶을 찬미하는 노래를 부른다. 길을 밟고 지나간 무수한 사람들의 고단한 하루를 흰 눈이 내려와 고이 덮는다. 위로의 흰빛으로 덮어 회복되는 밤이다. 모두 잠든 새벽에 홀로 부르는 노래. 고요하고 거룩한 날을 기념하는 찬송 소리는 밤하늘에 닿도록 울려 퍼진다. 그 영광의 찬미 소리는 하늘과 땅을 연결한다.

성탄절 새벽, 아무도 지나가지 않고 아무도 밟지 않은 눈을 홀로 밟는 사람. 모두 잠든 밤 내리는 눈은 무게 없는 구름이 사뿐히 지상으로 내려온 것. 하늘에 들리는 고요하고 거룩한 밤의 노래는 세상에 내리는 단비. 그는 어둠 속에서 찬미의 기도를 올려드린다. 리듬에 맞춰 위아래 왼쪽 오른쪽으로 발을 움직여 흰 십자가를 만든다. 승리의 브이도 흰 눈 위에 새긴다. 그의 인생 위에, 그가 만든 흰 십자가 위에, 포슬포슬한 흰 눈이 축복처럼 내린다. 한밤중 빛나는 길 위에 꺾이지 않는 발자취를 남겨둔다.

날마다 하나님의 가슴에서 떨어지는 ————

희망의 씨앗을 영혼에 심는다. ————

흰 눈꽃이 만발한 새벽에 홀로. ————

기억을 잃은 사람 곁에서 그도 고통을 깊숙이 느낀다. 생명, 살아있음의 고귀함이여. 인간의 존엄과 고통이 밀착되어 있다. 기억을 잃어버림은 최소한 인간답게 살 수 있는 존엄성마저 잃어버리는 일이었다. 망각이 일상을 뒤흔든다. 곁에 있는 사람은 고통의 나락으로 떨어진다. 어쩔 수 없어서 서로 떨어져 지내게 되었다. 보지 못하는 순간에도 서로의 마음은 연결되어 있다. 그늘 뒤로도 숨기지 못하고 일상에 낮게 가라앉은 슬픔을 떨쳐낼 수가 없다. 기억을 잃은 사람에게 장수는 복이 아니라고 자조적인 말을 했다. 그러나 이제는 그 말이 잘못되었음을 안다. 창조주 앞에서 생명은 생명 자체이기 때문이다. 생명은 아무도 관여하지 못하는 신의 영역에 속해있다.

사람을 알아보지 못해도, 아무런 도움이 되지 못해도, 살아있는 이유와 목적을 상실한 것 같아도, 차라리 죽는 게 더 나을 것 같아도, 오늘 살아있는 이유는 분명히 있다. 고귀한 생명, 하늘에 속한 생명의 근원에는 이 세상 무엇도 침범할 수 없다. 생명은 그 자체로 완전하여 무엇도 끼어들 수 없다. 백 퍼센트 신의 권한만이 존재하는 영역이다. 사람이 아무리 알려 해도 도저히 알 수 없는 생명의 고유한 영역이다. 생명은 오직 순수 생명으로만 존재한다. 살아있음과 죽음의 온당함은 언제나 인간의 생각과 판단으로 결정된다. 사람들에게는 살아있을 때 얼마나 많은 업적을 남겼느냐에 따라 생명의 가치가 결정된다. 그러나 생명의 근원에는 이런 것들이 파고들 자리가 없다. 신의 영역에 속한 생명은 오직 생명으로서만 존재한다. 생명은 효용성과 쓸모 있음이 완전히 배제된 영역이다. 인간이 쓸모 있음을 기준으로 살아남았다면 우리는 모두 죽음으로 사라졌을 것이다. 그중에 제일 먼저 사라졌을 사람은 역시 나였을 것이다.

어떤 사람은 끝끝내 살아도 자기가 있는 곳에 다다르지 못한다. 한평생 살았는데 자신이 누구인지도 모르고 살다 간다. 어떤 사람은 오랜 세월 돌고 돌아서 자신에게 돌아온다. 자신에게 돌아와 본 사람은 안다. 그곳에서 자신으로 존재하는 것이 얼마나 축복받은 삶인지 안다. 자신으로 살아가는 사람은 자기만의 꽃을 활짝 피운다. 죽음으로 옮겨지는 순간에는 절대 평안이 그를 감싼다. 신의 성실한 사랑 안에서 평안을 누린 존귀한 사람들이다.

나로 살다 가는 사람은 유한한 인생이 마감될 때 양심 앞에서 아쉽기는 해도 부끄럽지는 않다. 이런 사람은 매일 생의 끝을 생각하며 자신을 바로잡아간다. 진실을 향해 뿌리를 뻗고 꿈을 이루기 위해 두려움을 딛고 일어선다. 거룩함을 배우는 일상에 뿌리를 내리고 매일 감사하며 산다. 우리는 고통의 날갯짓으로 더욱 빛났던 삶을 가지고 왔던 곳으로 되돌아간다. 더 이상 인생을 낭비할 시간이 없다.

보편의 시간을 초월하여 존재하는 영원. 과거와 현재와 미래를 포함하여 영원히 존재하는 것들은 하나님의 주권에 속해있다. 하나님께 속한 이 시간 속에서 나는 영원한 사랑을 사모한다. 지금 이 순간도 창조주의 사랑은 만물 위에 흐른다.

영원은 천상에 속한 단어라 지상에서 품기 어렵다. 하나님의 품에 안겨 더 깊고 아름답고 아린 지상의 순간들을 지나며 체득되는 영원이다. 지금 이 순간에서 영원한 나라로 들어가는 시간까지, 나는 삶의 모든 과정을 긍정하며 감사한다. 현세적인 행복에만 관심을 두고 그 삶에 못 박힌 듯 살아가는 세상이다. 이런 세상에서 영원을 사모함은 얼마나 바보스럽고 비현실적인 태도인가. 그러나 이 세상에 존재했던 모든 것들은 반드시 종말을 맞이한다. 지상에서 삶의 끝에 맞는 소멸은 표면적인 소멸이요 영원한 소멸이 아니다. 태어나 살아간 모든 시간은 기록으로 남는다.

하나님이 통치하시는 영원히 지속되는 생명의 나라. 하나님의 임재와 영광이 충만한 세계. 그 나라로 들어가는 순간까지의 모든 삶은 영구 보전되어 영원한 나라로 이어진다. 죽음이 끝이 아니다. 영원한 나라로 들어가는 관문이다.

어김없이

우리는 한 생애 동안, 자존을 위해 선물로 주어진 것들의 도움을 받아 살아간다. 희망이 없으면 우리는 단 한 순간도 살 수 없다. 창세 이래로 어김없이 밝아오는 새벽처럼 희망은 제시간에 찾아온다. 희망은 우리를 짓누르는 모든 것들로부터 그럼에도 충만하게 살 수 있게 도와준다. 한 번도 나를 포기하지 않은 사랑도 그러하다. 사랑은 언제나 영원히 변하지 않는 진리처럼 늘 우리 곁에 있다. 순간에 존재하고 흩어지는 말보다 더 깊은 글도 때에 맞춰 우리를 위로하는 친구 같다. 말로 다 표현할 수 없는 지친 마음을 위로하는 음악도 우리의 영혼을 윤택하게 한다. 햇살의 따스함과 부드러움 같은 위로도 위태한 순간이 올 때마다 우리를 감싸 토닥인다. 지금 모습 그대로도 괜찮다고 우리의 전 존재를 수용하여 다시 살아갈 용기를 준다.

우리는 태초를 시작하시고 이끌어가시는 하나님의 주권, 절대성 뿌리를 내려야 한다. 절대성의 가장 깊은 영역, 진리의 토대 위에 인생을 세운 사람은 악한 것들로부터 보호를 받는다. 흔들려도 결국은 더 좋은 사람으로 성장한다. 우리의 남은 인생은 태초로부터 어김없이 반복되는 선함에 둘러싸여 있다. 한낮의 빛처럼 눈부시고 근심이라고는 찾아볼 수 없는 기쁨이 매일 우리에게 주어진다. 지나온 인생의 슬픔을 모두 덮고도 남을 만한 행복이 우리를 찾아온다. 하나님은 우리가 부족함 없이 살아갈 수 있게 모든 것을 준비해 놓으셨다. 그러나 우리는 다른 것에 마음이 팔려 끝없는 하나님의 구애의 손길을 느끼지 못한다.

영원한 것

시간을 초월하여 지속되는 영원. 영원한 것은 천상에 속한 것이라 그것의 무게와 깊이와 시간의 무한 연장을 우리는 가늠할 수조차 없다. 영원한 것은 절대적인 영역에 속해 있어서 인간은 쉬이 접근할 수 없고 알 수도 없다. 그래서일까 사람들은 영원한 것은 절대 없다고 가볍게 치부해 버린다. 빛에 속한 그 중함의 가치는 어둠의 말과 행동으로는 설명이 불가하다. 영원한 것을 받아들여 연결되고 싶지 않으니 차라리 없다고 말하는 것일까. 그래서 가벼운 놀이로 전락시키고 고착화된 아집으로 짓눌러 버리는 것일까. 시작을 알 수 없는, 신성에 속한 영원한 것은 사람들이 있다고 한다고 있고 없다고 한다고 없어지지 않는다.

우리는 자신이 확신한 것을 기반으로 삶의 방식

을 정한다. 불완전한 확신의 토대 위에 자신을 세우면 자기가 아는 것이 전부인 것처럼 그 세계에 갇혀 산다. 그 왜곡된 가치관으로 사람들과 관계를 맺고 일을 하고 자녀를 양육한다. 분명히 존재하는 영원한 것과 절대적인 것을 끝도 없이 부정한다. 사멸되어야 마땅한 것들을 되살려 도피한다. 신과 함께 사는 삶과 신을 부정하고 사는 삶, 두 세계는 영원의 문 앞까지 평행선으로 이어진다. 극명하게 나뉜 이쪽과 저쪽은 하나로 합쳐지지 않는다. 신성의 세계는 신을 믿지 않고는 도무지 알 수 없다. 신을 통해서만 알 수 있는 세계다. 아픔과 고달픔이 만연한 현생에서도 그는 영원한 세계를 맛보며 산다. 죽음 이후 영원한 세계로 들어감은 그가 지상에서 받을 마지막 축복이다. 그는 죽음의 고비를 넘기고 살아나 영원한 세계로 들어가는 길에 서 있다. 신 안에서만 명명되는 영원한 것과 절대적인 것에 가장 중요한 가치를 두고 오늘을 산다. 영원과 절대위에 인생을 세우고 보편을 산다. 세상에 영원한 것은 절대 있다. 우주 만물을 창조하신 하나님이 곧 영원이다.

은혜

내 능력으로는 갈 수 없는 곳, 능력이 있어도 가지 않을 곳에 초청받아 갔다. 쉰이 넘어 처음으로 가본 멋지고 아름다운 곳. 편안하고 즐겁고 품위 있는 그곳에 간 것은 은혜였다. 신은 그에게 목숨을 대신 주고 아무것도 바라지 않으셨다. 그분의 사랑 안에서 보호받으며 평안히 살기만을 바라셨다. 땅에서 올리는 모든 경이로운 고백들을 다 합쳐도 그분을 온전히 경배할 수 없다. 하늘에 울리도록 아름다운 목소리로 찬양한다고 해도 그분의 아름다움에는 미치지 못한다. 크고 작은 체험을 한다고 해도 그분의 영원한 영광을 다 알 수 없다. 이해할 수도 없는 세상의 가치로는 조건 없이 주시는 은혜의 값을 매기지 못한다.

은혜는 그분의 목숨값이다. 내가 아무리 그분을

사랑한다고 해도 평생 그 목숨값은 갚을 수 없다. 처음부터 오직 사랑으로 아무 대가를 바라지 않고 준 목숨이었다. 아무 자격 없는 사람에게 아무 조건 없이 주신 사랑이기에 무엇으로도 갚을 수 없는 것이다.

여기와 저기, 그 어느 곳에도 속하지 못해 겉돌았다. 여기에도 마음이 머물지 못하고 저기에도 머물지 못했다. 근원이 흔들리지 않고 걸어온 길에서 흔들릴 때마다 그는 강철 인간이 아니라며 스스로 위로했다. 오늘도 그의 약함은 본연의 자리로 돌아오는 길이 된다. 특별한 감수성을 선물로 받은 그는 때때로 밀려드는 우울감을 경계한다. 앞에서 들리는 선한 목자의 발소리를 따라간다. 그는 가장 좋은 일에 대한 기대와 소망이 없이는 단 한 순간도 살 수 없다.

감격과 기쁨이 사라진 평범한 하루의 반복이 힘겹다. 힘들게만 느껴지는 하루도 누군가에게는 그토록 살고 싶었던 하루다. 그가 사는 하루는 원하지 않았는데도 먼저 떠난 사람들의 간절함이 포함된 날이며, 살지 못한 삶의 아쉬움이 편재한 날이다. 목숨이 다하는 날까지 헛되이 살 수 없다. 어둠이 장막을 펼치니 내면의 빛이 더 밝아지는 밤이다.

멈추지 않고 집중해서 계속할 수 있는 것만이 자기 일이다. 가지고 있는 것 중에는 흔들린 후에 남아 있는 것만 자기 것이다. 떨쳐버릴 수 없는 혼재한 슬픔과 소망과 낙심 속에서 한 해를 마무리한다. 이것저것 슬프다고 기도했더니 슬퍼하지 말고 지금처럼 살면 된다고 말씀하셨다. 말씀 안에서 모든 슬픔이 가벼워졌다.

진심

모든 사람과 더불어 화평하게 지내는 게 내가 지향하는 삶이다. 하나님의 선하심과 인자하심으로 지금까지 보호받아 살아왔으니 이렇게 사는 것이 마땅하다. 그와 헤어질 시간이 점점 다가왔다. 편치 않은 그의 마음이 읽혔다. 그래도 얼굴 붉히고 언성을 높이며 헤어지기 싫었다. 아름답게 헤어지기 위해 마땅한 때를 기다렸다. 일찍 원하는 공간이 생겼으면 했지만 결정을 그에게 맡겼다. 그가 원하여 스스로 그만둘 때까지 기다렸다. 삶의 터전을 마무리하는 일이었기 때문에 배려하고 존중하는 마음에서였다.

나는 사람에게 언제나 진심이다. 살아가면서 관계 맺은 어떤 사람도 소중하지 않은 사람이 없었다. 언제나 관계에 최선을 다하지만 뜻대로 되지 않을 때가 많았다. 각자의 생각이 다르고 가치관과 지나온 환경과 삶의 방식이 다르니 어긋나는 경우가 더 많았다. 관계가 서먹해지면 지난날을 돌아보고 나의 모습을 돌아본다. 나와 맞지 않다고 먼저 끊어버리지 않는다. 사이가 어긋났다고 미워하지 않는다. 관계가 끝나도 기도는 멈추지 않는다. 한발 물러선 마음으로 머문다. 관계의 어그러짐은 언제나 서로에게 책임이 있다. 사랑했다고 다 사랑이 아니고 좋은 뜻으로 했다고 다 선의가 아니고 배려했다고 다 배려가 아니다. 서로가 느끼는 감정은 하늘과 땅이 다른 것만큼이나 다르다.

살아온 시간을 돌아보면 기다리지 못해서 어긋난 경우가 많다. 신중하지 못한 일들이 고통으로 되돌아와 일상을 뒤흔드는 것이다. 잘해주려 마음을 써도 상처가 깊은 사람에게 다가가기는 쉽지 않다. 헤어지기 전에 오해하는 마음을 풀고 싶었다. 용기를 내어 그를 찾아가 진심 어린 마음을 전했다. 웃으며 그간 고마웠다고 말하며 그를 끌어안았다. 그가 고맙다며 울었다.

우린 같이 울었다. 가족들과 식사하라고 마음을 담아 드렸다. 그의 남은 날들이 잘되기를 바랐다. 헤어짐이 의초롭게 마무리되어 한없이 기뻤다. 그날 오후 서로에게 감사하며 함께 했던 칠 년의 시간을 화평으로 마무리했다. 그날 내가 비로소 어른이 된 것 같았다.

탁자 위에 놓인 잔

당신이 그 자리에 놓은 잔. 반투명 탁자 위에 그림자를 길게 늘이고 같은 자리에 놓여 빛을 흡수한다. 얼룩처럼 그 자리에 붙어 당신의 아름다움을 노래한다. 잔 속에 담긴 차가운 물에 해가 뜨는 동안 무지개가 뜨기를 기다린다. 놓아둔 그대로 그 자리를 지키며 당신이 찾아와 들어 올려주기를 기다린다. 해가 이동하여 그림자의 방향이 바뀌는 동안 놓아둔 그곳에서 당신의 목소리를 기다린다.

당신의 손에 들린 잔. 당신이 그 자리에 놓아둔 분명한 이유가 있어 그곳에 있다. 당신이 내 생에 동안 행하는 모든 일은 완전하여 거부할 수 없다. 당신을 신뢰하고 절대 의탁하는 내 남은 인생에 당신의 뜻이 이루어지기를 기다린다. 그 뜻이 이루어지면 그것으로 만족한다. 나는 당신으로 인하여 넘치는 잔. 당신으로 인하여 살아가는 소망의 잔.

마주 보는 사람에게 주고 싶은 ─────────
단 하나의 선물은 ─────────────
당신의 사랑. ──────────────

우리의 삶이 끝나도 영원히 변하지 않는 것들이 있다. 어둠과 고독과 고통이라는 상처를 통과하여 홀로 선 것들이다. 우리는 극복할 수 없는 어둠에서 벗어나기 위해 자발적으로 어둠 속으로 내려가지 않는다. 누군가에 의해 어쩔 수 없이 어둠에 떨어질 뿐이다. 고귀한 가치도 메마르고 거친 들판으로 내던져져야 처음 그대로 유지되어 생존한다. 생명도 죽음의 골짜기를 경험해야만 비로소 생명 그 자체로 사람을 살린다.

상처, 피를 흘린 흔적, 머물지 못하고 멈추어 흐르지 못하는 정지된 마음. 세월, 상처의 틈바구니로 찾아오는 강렬한 빛을 받아들일 준비를 하는 시간. 마음과 생각과 뜻이 제자리를 찾아가는 시간. 상처와 그로 인한 고통은 폐기 처분되지 않고 우리를 성장시킨다. 상처가 치유되면 우리는 사랑할 수 있는 사람이 된다. 다시 태어난 사람에게는 충만한 기쁨이 있다. 이런 사람은 항상 얼굴에 미소를 머금고 먼저 다가가 손을 잡는다. 상처로 인한 잠깐의 아픔도 사는 동안 극복되지 않는 고통도 결국은 우리를 자유로운 삶으로 데려간다.

영원과는 거리가 먼 세상이다. 그러나 창조 질서가 이 세상을 움직여 가는 것만은 분명하다. 죽음의 시간을 경험한 사람은 이전과 확연히 다른 삶을 살게 된다. 기쁨과 감사와 사랑이 우리의 삶에 무한하게 주어졌다.

죽음을 통과하면 우리는 ________________

단 하루도 헛되이 살 수 없다. ________________

세상에 존재하는 주목적이 그를 이끌어간다. 남의 유익을 위해 살아가는 건 가치관이 확고히 서지 않고는 할 수 없는 일이다. 확고함은 무수히 변하는 것들 사이에서 흔들리지 않는 내면의 나침반이요 북극성이다. 기뻐서 즐겁게 하는 일도 아주 가끔은 왜 이 일을 하는지 잘하고 있는 건지 스스로에게 질문할 때가 있다. 이 질문에 대한 답은 일 초의 망설임도 없이 언제나 명확하다. 이 일을 하는 것은 대가를 바라거나 알아주기를 바라거나 이름을 알리려거나 돈을 벌려고 하는 일이 아니다.

오직 사명, 그게 이 일을 하는 이유다. 이 질문은 그와 같은 길을 가는 사람이라면 한결같이 하는 질문이다. 그들도 내면에서 통증이 일어나면 아주 가끔 이런 질문을 하는 것이다. 열심히 하던 일이 회의적으로 느껴질 때면 그 일을 하는 이유를 그때마다 묻는 것이다.

멈추지 않고 걸어온 길. 사람들에게 끼치는 영향력이 미미해서 있으나 마나 한 울림 같다는 생각이 들 때가 있다. 그래도 멈추지 않는 것은 확고한 사명이기 때문이다. 후회하지 않고 뒤돌아보지 않는 것도 목숨만큼 귀한 사명이기에 그렇다. 감당해야 할 명확한 이유가 있기에 한발도 뒤로 물러서지 않는 것이다.

나보다 나를 더 잘 아시는 무한한 베풂의 수여자가 그에게 맡긴 사명. 그에게 재능을 주시고 큰 능력도 함께 주셔서 이끌어가신다. 순간의 흔들림, 바람이 스치고 지나가듯 잠시 잠깐의 회의감은 뜻이 이루어지는 과정 중에 부는 역풍이라 하자. 잠시 일렁인 마음은 스치고 지나는 소나기라 하자. 오래 그리 살다 보니 가끔은 위로가 필요한 거라 하자.

그가 사명을 감당하는 한 매일 주어지는 새 힘과 마르지 않는 열정과 쇠하지 않는 기쁨이 매일 그와 함께 있다.

오월 햇살 같은 사랑

2025년 4월 21일 초판 1쇄 발행

글 김화숙
그림 이도담
발행인 박윤희

발행처 도서출판 이곳 **디자인** 디자인스튜디오 이곳
등록 2018. 10. 8 신고번호 제2018-000118호 **주소** 서울 송파구 백제고분로446, 송암빌딩 3층 3601호 **이메일** bookndesign@daum.net **홈페이지** https://bookndesign.com
팩스 0504.062.2548 **블로그** blog.naver.com/designit **인스타그램** @book_n_design

ISBN 979-11-93519-27-1 (03800)

도서출판 이곳
우리는 단순히 책을 만들지 않습니다.
작가와 책이 마주치는 이곳에서 끊임없이 나음을 넘어 다름을 생각합니다.